The Secret Garden

The Secret Garden
비밀의 화원

Frances Hodgson Burnett 원작 | 천선란 추천

1판 1쇄 인쇄 2020년 12월 4일 | 1판 1쇄 발행 2020년 12월 15일

엮은이 이규희
펴낸이 정중모 | 펴낸곳 팡세 | 등록 1988년 1월 21일(제406-2000-000202호)
편집장 서경진 | 편집 조웅연, 강정윤 | 디자인 권순영
마케팅 김선규 | 제작 윤준수 | 관리 이원희, 고은정, 원보람
주소 경기도 파주시 회동길 152
전화 031-955-0700 | 팩스 031-955-0661 | 홈페이지 www.yolimwon.com
전자우편 bbchild@yolimwon.com
ISBN 978-89-6155-908-9 04800, 978-89-6155-907-2(세트)

어린이제품안전특별법에 의한 제품 표시
제조자명 파랑새 | 제조년월 2020년 12월 | 제조국 대한민국 | 사용연령 8세 이상

The Secret Garden
비밀의 화원

프랜시스 호지슨 버넷 원작 | 천선란 추천

팡세

"삽은 어디에 쓰려고요?
땅을 파 보려고요?"
메리는 잠시 생각에
잠겼습니다.

차례

혼자 남은 메리 15
마사와의 만남 37
누군가 울고 있어! 57

 드디어 찾아낸 비밀의 뜰 73
땅을 조금 가질 수 있을까요? 95

침대 속의 유령, 콜린 117
어린 라자 135

성질부리기 151

황무지에 찾아온 봄 167

마법이 시작되다 191

비밀의 화원에서 209

천선란이 가고 싶은 비밀의 화원

 슬픔은 우리를 움츠러들게 만든다. 우리는 어느새 우리에게 닥친 슬픔을 정면으로 바라보지 못하고, 그것이 나를 잠식시키지 않도록 어딘가에 가두고 문을 잠가 버린다. 외면하면 그만인 것처럼, 그렇게 가두어 둔 슬픔이 영원히 그곳에 갇힐 것처럼. 정말로 그렇게 된다면 얼마나 좋을까. 만일 그게 가능했다면 우리는 슬픔을 이기기 위해 부단히 노력하지도 않을 것이다. 하지만 불행하게도 슬픔은 새어 나온다. 아무리 각자의 비밀의 화원에 슬픔을 꽁꽁 감추고 문을 잠갔다고 하더라도 그것이 결국 우리 안에 존재하고 있는 한 언젠가는 반드시 마주할 수밖에 없다. <비밀의 화원>은 그런 슬픔을 이기는 법을 말해 준다. 그것은 바로 삽으로 슬픔을 내려치는 것이다. 이렇게 표현하면 조금 과격할지 몰라도, 아이들은 자신이 직면한 슬픔과 고통을 정면으로 바라보며 화원의 문을 열고 땅을 가꾼다.

슬픔과 맞서는 것이다. 고통을 이겨 내며 서로를 치유한다. 낯선 곳으로 와 홀로 생활해야 하는 메리는 자신이 처한 슬픔에 빠지지 않고 적응하려고 노력하고, 어른이 될 때까지 살 수 없다고 믿던 콜린은 그런 메리를 만나 자신의 내일을 꿈꾸기 시작한다. 두 아이가 서로의 고통을 외면하지 않는 모습을 보고 있노라면 그것이야말로 정말 큰 용기라는 생각이 든다. 나는 가끔 너무 자라 버린 내가 슬픔의 변두리를 떠돌며 살고 있다는 생각을 한다. 울음소리가 들리자 메리는 궁금증

을 참지 못하고 울음을 찾아가지만 나는 들리지 않는 척 귀를 닫는 것이다. 당장에 그 울음을 따라갈 용기가 나지 않더라도 괜찮다. 시간이 조금 걸리더라도, 아주 천천히 우리도 우리의 비밀의 화원을 다시 가꾸면 되니까. 콜린의 말처럼 내일이 오고, 또 그다음 날도 올 테니까.

소설가 천선란 (한국과학문학상 장편 대상 수상)

The Secret Garden

비밀의 화원

혼자 남은 메리

 메리 레녹스가 인도를 떠나 요크셔에 있는 고모부와 살기 위해 미셀스와이트 정원으로 왔을 때, 모두들 저렇게 못생기고 밉살맞아 보이는 아이는 난생처음이라며 고개를 내저었습니다.
 인도에서 태어난 메리는 어려서부터 늘 병치레를 해서 얼굴이 노르께했고 머리카락도 푸석거렸습니다. 영국 정부의 높은 관리였던 아버지는 인도에서 아주 중요한 일들을 맡아서 늘 시간이 없었고, 어머니는 파티에 가서 사람들과 즐겁게 춤추고 놀기 바빠 메리는 부모님 얼굴을 거의 볼 수 없었습니다. 그래서 메리는 부모님 대신, 아야(서양인의 하녀나 유모를 부르는 인도어)의 손에서 자라야만 했습니다. 하인들은 메리를 달래기 위해 원하는 건 뭐든지 다 들어주며 키웠고 메리가 여섯 살이 되었을 때에는 아주 이기적이고 제멋대로인 폭군 같은 아이가 되었습니다.

메리가 아홉 살이 되던 해, 아주 끔찍하게 더운 어느 날 아침이었습니다. 메리는 잠에서 깨자마자 침대 맡에 낯선 하녀가 서 있는 것을 보고 깜짝 놀라 소리쳤습니다.

"왜 네가 여기 있어? 어서 내 아야를 데려와!"

"저……, 아가씨. 아야는 이제 여기 올 수 없습니다."

"몰라, 몰라! 빨리 내 아야를 데려와, 어서!"

메리는 화를 발칵 내며 하녀를 마구 때리고 발로 걷어찼습니다. 그날 아침은 평소와 뭔가 달랐습니다. 아야뿐 아니라 다른 원주민 하인 몇몇도 보이지 않았습니다. 뭔가 이상했지만, 아무도 무슨 일인지 얘기해 주지 않았습니다. 화가 난 메리가 정원에 나가 혼자 놀고 있는데, 어머니가 영국에서 온 젊은 장교와 베란다로 나오는 모습이 보였습니다.

어머니는 비단처럼 부드러운 머릿결에 오뚝한 코, 커다란 눈망울, 호리호리한 몸매에 날아갈 듯 하늘하늘한 드레스를 입고 있었습니다. 늘 화사한 웃음을 짓던 어머니가 오늘은 무슨 일인지 두

려움이 가득 담긴 눈으로 젊은 장교에게 물었습니다.

"그렇게 상황이 나빠졌나요?"

"부인께서는 벌써 이 주 전에 산으로 피하셔야 했습니다."

"아, 그건 나도 알아요. 하지만 어리석게도 그 바보 같은 파티에 참가하느라 여기 남아 있었던 거예요. 이제 정말 어쩌면 좋지요?"

어머니는 금방이라도 울음을 터뜨릴 듯 보였습니다. 그때 하인들 숙소 쪽에서 울음소리가 터져 나왔습니다. 그 소리를 듣고 젊은 장교가 말했습니다.

"하인들 중에 벌써 누군가 병에 걸려 죽은 모양이군요!"

두 사람은 곧 돌아서서 안으로 뛰어 들어갔습니

다.

 그날, 메리는 모든 걸 알게 되었습니다. 콜레라가 퍼져서 많은 사람들이 죽어 가고 있고, 이곳 역시 안전하지 않다는 것을요. 또 하인들의 숙소에서 들려오던 울음소리는 바로 병에 걸린 아야가 막 숨이 끊어졌기 때문이라는 걸 말이에요.

 겁에 질린 메리는 방에 숨어 있었습니다. 그 이튿날도요. 아무도 메리를 찾지 않았습니다. 메리는 계속 울다가 잠들고, 깨어나면 또 울다가 잠이 들었습니다. 문득 잠에서 깬 메리는 배가 고파 살금살금 식당으로 내려갔습니다. 그리고 과일과 비스킷 몇 개를 먹고는 목이 말라 식탁 위에 놓인 포도주도 마셨습니다. 달착지근한 포도주를 마시자 졸음이 쏟아져 방으로 돌아왔습니다. 집에서는 울음소리와, 바쁘게 걸어가는 발자국 소리가 들렸습니다. 겁이 난 메리는 방에 가만히 있었습니다. 그러다 졸음을 참을 수 없어 침대에 쓰러져 죽은 듯 잠을 잤습니다. 메리가 잠든 사이, 많은 일이 벌어졌습니다. 밖에서 뭔가를 옮기는 소리가 났지만, 메리는 방해받지 않고 푹 잠이 들었습니다. 시간이 흘러 메리가 깨어났을 때, 누군가 베란다를 지나 집 쪽으로 다가오는 발자국 소리가 들렸습니다.

"정말 끔찍해! 그렇게 아름다운 부인이 죽다니! 이 집에 조그만 여자애가 하나 있다고 들었는데 아마 그 애도 죽었나 봐. 아무도 보지 못했다고 하더군."

발자국 소리가 점차 가까워지더니 곧 방문이 활짝 열렸습니다. 그 방 한가운데에는 누가 봐도 못생기고 심술궂어 보이는 아이가 우뚝 서 있었습니다. 자기 혼자 이 집에 남겨두고 모두 가 버렸다는 생각에 잔뜩 심통이 난 메리였습니다. 덩치가 큰 장교가 메리를 보고는 소리쳤습니다.

"세상에, 여기 아이가 혼자 있어! 그런데 얘는 대체 누구지?"

"나는 메리 레녹스예요! 그런데 왜 아무도 안 오는 거죠?"

메리는 배도 고프고 화가 나서 당돌하게 물었습니다. 장교가 안타깝다는 듯 말했습니다.

"오, 가엾은 꼬마야, 네게 올 사람은 이제 아무도 없단다."

메리는 곧 어머니와 아버지가 콜레라로 죽었다는 것을 알게 되었습니다. 남아 있던 하인들은 모두 뿔뿔이 도망을 쳐서, 이 집에는 정말 메리 혼자 남아 있었던 것이지요.

사람들에게 발견된 메리는 가난한 영국인 목사의 집에 잠시 맡겨졌다가, 영국 요크셔의 미셀스와이트 장원에 사는 고모부네 집으로 가게 되었

습니다. 목사의 아이들은 메리의 고모부인 아치벌드 크레이븐 씨가 성격이 고약한 곱사등이일 거라며 수군거렸습니다.

메리는 어느 장교 부인을 따라 영국으로 가는 배에 올랐습니다. 자기 아이들을 영국의 기숙 학교에 입학시키러 가는 길에 메리를 영국 런던까지 데려다 주기로 한 것입니다.

긴 항해를 끝내고 배가 런던에 도착하자, 장교 부인은 메리를 마중 나온 미셀스와이트 장원의 가정부인 메들록 부인에게 넘겨주었습니다. 메들록 부인은 메리를 보고 놀라 말했습니다.

"맙소사! 정말 못생긴 아이로군요! 저 애 어머니는 그렇게도 예뻤는데!"

"크면 차차 나아지겠지요. 혈색도 좋아지고, 심술궂은 표정도 좀 나아질 테지요."

"하지만 미셀스와이트에 가더라도 나아질 건 하나도 없을 텐데요."

두 사람은 메리가 듣고 있는 줄도 모르고 그렇게 말했습니다. 메리는 지나가는 버스와 택시를 보며 속으로 중얼거렸습니다.

'고모부와 고모부네 집은 어떻게 생겼을까? 그런데 곱사등이가 대체 뭐지?'

다음 날 메리는 메들록 부인과 단둘이 요크셔로 떠나는 기차를 탔습니다. 메리는 어딘가 촌스럽게 생긴 메들록 부인이 마음에 들지 않았습니다. 다른 사람들이 혹시라도 자기를 메들록 부인의 딸이라고 생각할까 봐 메들록 부인과 멀찌감치 떨어져 앉았습니다.

'정말 못생기고 볼품없는 아이로군. 게다가 예의라고는 손톱만큼도 없어 보이고!'

메들록 부인은 까만 드레스에 까만 모자를 쓴 메리의 노르스름한 얼굴과 푸석거리는 머리카락을 보며 중얼거렸습니다. 그러다 메리에게 말했습니다.

"아가씨가 지금 가는 곳이 어떤 곳인지 알고 있나요? 저 멀리 황무지 끝에 있는 육백 년쯤 된 음침한 저택이랍니다. 저택에는 오래된 골동품과 그림이 걸린 방이 백 개쯤 있답니다. 하지만 대부분의 방은 문을 잠가 놓았지요. 그런 집에 가게 되었는데, 기분이 어떠세요?"

'뭐? 방이 백 개나 있는 저택이라고?'

메리는 메들록 부인의 말을 듣고 깜짝 놀랐습니다. 하지만 얼른 관심 없는 척 퉁명스레 말했습니다,

"내 기분이 어떻든 그건 중요하지 않아."

"어머나, 꼭 어른처럼 말을 하는군요! 사실 전 주인님이 무엇 때문에 아가씨를 데려오라고 하셨는지 알 수가 없어요. 주인님은 딴 사람에게 관심을 쓰는 분이 아니거든요. 어쩌면 사랑하던 부인이 돌아가셔서 그런지도 모르지만요……."

"고모가 죽었어?"

메리는 자기도 모르게 벌떡 일어나 외쳤습니다. 메들록 부인이 고개를 끄덕였습니다.

"그래요, 마님이 돌아가시자 주인님은 점점 더 괴팍한 분이 되셨어요. 어릴 때부터 주인님을 돌봐드리는 피처 씨 외에는 아무도 안 만나신다니까요."

메리는 황무지 끝에 있는 넓은 장원과 방이 백 개나 딸린 큰 저택, 그리고 괴팍한 곱사등이 남자를 떠올리자 마음이 즐겁지가 않았습니다. 메들록 부인이 문득 생각났다는 듯 일러 주었습니다.

"주인님을 만날 기대는 하지 마세요. 자기가 할 일은 스스로 알아서 하고요. 참, 아무 방에나 막 들어가면 안 돼요. 괜히 여기저기 기웃거려서도 안 되고요. 알았지요?"

"여기저기 돌아다니면서 구경하고 싶지도 않을 거야!"

메리는 심술궂은 얼굴로 쏘아붙였습니다. 그러곤 비가 주룩주룩 내리는 창밖을 내다보다가 까무룩 잠이 들었습니다.

메리는 기차가 스와이트 역에 도착할 때쯤, 잠에서 깼습니다. 스와이트 역은 아주 조그마했고, 기차에서 내린 사람은 메들록 부인과 메리 두 사람뿐이었습니다. 역 밖에는 근사한 사륜마차가 두 사람을 기다리고 있었습니다. 마차가 출발하자 메리는 푹신한 쿠션이 있는 구석자리에 앉아 밖을 내다보았습니다. 그러다가 메들록 부인에게 불쑥 물었습니다.

"그런데 황무지가 뭐야?"

"조금 후에 창밖을 보면 황무지가 뭔지 저절로 알게 될 거예요. 황무지를 약 팔 킬로미터쯤 달려야 장원에 도착하거든요. 밤이라 제대로 안 보이겠지만, 그래도 뭔가 눈에 띄는 건 있을 거예요."

메리는 더 이상 묻지 않았습니다. 얼마쯤 가자 이제는 산울타리와 나무가 더 이상 보이지 않았습니다. 메리가 더욱 바짝 창문에 얼굴을 댄 순간 마차가 풀쩍 튕겨져 올라왔습니다. 메들록 부인이 말했습니다.

"아, 이제 황무지에 완전히 들어섰어요."

마차 등불에서 나온 노란 불빛이 울퉁불퉁해 보

이는 길을 비추었습니다. 그 길은 덤불과 키 작은 풀 사이를 비집고 끝없이 펼쳐진 어둠 속으로 이어지는 듯 보였습니다. 어느새 비가 멈추었지만 바람이 이상한 소리를 내며 세차게 불어왔습니다.

"난 여기가 싫어, 싫어!"

메리는 세차게 고개를 흔들었습니다. 이윽고 마차가 비탈길을 오르자 처음으로 불빛이 보였습니다.

메들록 부인이 반가운 듯 말했습니다.

"이제 조금만 참으면 따끈한 차를 마실 수 있을 거예요."

메들록 부인이 '조금만'이라고 말하고 나서도 마차는 정문을 지나 삼 킬로미터나 더 달렸습니다. 마침내 나무 터널을 지나 크고 길게 지어진 저택 앞에 멈춰 섰습니다. 쇠 빗장이 걸린 육중한 현관문이 열리자 넓은 회랑이 나왔습니다. 문을 열어 준 하인 옆에 서 있던 말쑥하게 차려입은 호리호리한 노인이 쉰 목소리로 말했습니다.

"주인님은 아가씨를 만나고 싶어 하지 않으시니, 아가씨를 방으로 모셔 가시오. 주인님은 내일 아침에 런던으로 바로 떠날 거요."

"잘 알겠습니다. 피처 씨!"

메들록 부인이 대답했습니다. 메리는 메들록 부인을 따라 넓은 계단을 올라가서 다시 기다란 복도를 지나 문이 열려 있는 방으로 들어갔습니다. 벽난로에는 불이 지펴져 있고 테이블 위에는 저녁 식사가 차려져 있었습니다.

메들록 부인은 메리에게 다시 한 번 경고했습니다.

"이 방과 그 옆방이 아가씨가 지낼 곳이랍니다. 반드시 이 두 방에서만 지내야 해요. 여기저기 함부로 돌아다니면 안 돼요!"

메리는 이렇게 하여 멀고 먼 미셀스와이트 장원에 도착했습니다. 태어나서 지금처럼 모든 것이 뒤죽박죽인 날은 처음이었습니다.

The Secret Garden

비밀의 화원

마사와의 만남

 다음 날 아침 메리는 어린 하녀가 벽난로 앞에 앉아 불을 지피는 소리에 잠이 깼습니다. 메리는 잠시 누워서 방을 둘러보다가 물었습니다.
 "네가 내 하녀니?"
 "저는 메들록 부인의 하녀 마사예요. 메들록 부인은 크레이븐 주인님의 하녀고요. 아가씨의 하녀는 아니지만, 위층에서 일을 하니까 아가씨 시중도 조금은 들어드릴게요. 별로 시중이 필요하진 않을 테지만요."

마사가 벽난로 아래의 쇠 받침대를 쓸어 내며 야무지게 말했습니다. 그러자 메리가 깜짝 놀라 물었습니다.

"그럼 내 옷은 누가 입혀 줘?"

"아직 옷도 혼자 입을 줄 모른단 말이에요?"

"못 입어. 여태껏 한 번도 내 손으로 옷을 입어 본 적이 없어. 늘 내 아야가 입혀 줬지."

"그렇다면 이제 옷 입는 법부터 배워야 하겠네요. 나이가 더 어려질 수는 없잖아요."

"인도에서는 달라!"

메리가 깔보는 듯 내뱉었습니다. 하지만 마사는 끄떡도 하지 않았습니다.

"아, 당연히 다르겠지요. 인도에는 점잖은 백인보다 얼굴이 까만 흑인들이 더 많다지요? 저는 아가씨가 인도에서 온다는 말을 듣고 아가씨가 흑인이지 않을까 생각했어요."

"뭐, 뭐라고? 흑인? 내가 그런 원주민인 줄 알았다고? 그렇다면 넌…… 넌, 돼지 새끼다!"

화가 머리끝까지 치밀어 오른 메리가 발딱 일어나 소리쳤습니다. 마사가 차분히 말했습니다.

"아가씨, 꼬마 숙녀는 그렇게 욕을 하면 안 되지요. 전 그저 흑인을 본 일이 없기 때문에 가까이에서 흑인을 보겠구나 하고 좋아했던 거예요."

"그래도 넌 나를 원주민으로 여겼잖아! 원주민은 언제든지 굽실거려야 하는 하인들이란 말이야! 인도가 어떤 데인지 알지도 못하는 주제에!"

메리는 참을 수 없을 만큼 화가 났습니다. 그러

다 문득, 자기가 알던 곳에서 혼자 너무 멀리 떨어져 있는 듯한 외로움이 밀려왔습니다. 메리는 얼굴을 베개에 파묻은 채 흐느껴 울기 시작했습니다. 당황한 마사가 메리 곁으로 다가와 어깨를 토닥이며 달랬습니다.

"아가씨, 미안해요. 제가 몰라서 그런 거예요. 그러니까 제발 그만 우세요, 네?"

마사의 목소리에서 편안하고 다정한 마음이 느껴지자 메리는 어느새 마음이 풀어져서 곧 울음을 멈췄습니다. 마사가 다정하게 말했습니다.

"이제 일어날 시간이에요. 메들록 부인이 아침밥이랑 차를 옆방에 갖다 주라고 했어요. 옆방은 아가씨 놀이방이에요. 일어나면 제가 옷 입는 걸 도와드릴게요."

메리가 침대에서 일어나자 마사가 옷장에서 옷

을 가져왔습니다. 옷을 보고 메리가 말했습니다.

"이건 내 옷이 아니야. 내 옷은 까만색이야."

"주인님이 메들록 부인을 시켜 사 온 옷이에요. 주인님이 '까만 옷을 입은 아이가 내 집에서 길 잃은 어린 양처럼 헤매는 걸 보고 싶지 않소. 그러면 이 집이 더욱 슬픈 곳이 될 테니까. 아이에게 색깔 있는 옷을 입히시오!'라고 하셨거든요."

"하긴, 나도 까만색이 싫어."

메리는 마사가 꺼내 온 도톰한 모직 코트와 드레스를 보고는 마음에 든다는 듯 말했습니다.

마사는 동생들의 단추를 채워 준 적은 있지만 메리처럼 마치 손발이 없는 것처럼 꼼짝 않고 서서 남이 다해 주기를 기다리는 아이는 생전 처음 보았습니다. 메리가 말없이 발을 내밀자 마사가 말했습니다.

"구두는 아가씨가 직접 신지 그래요?"

"인도에서는 아야가 신겨 줬어."

"여기는 인도와는 다르다고 했지요?"

마사는 어린 동생들이 북적거리는 황무지의 오두막에서 자랐습니다. 그곳에서는 제 치다꺼리는 스스로 알아서 했습니다. 안아 줘야 하거나 이제 막 걷기 시작해서 꽈당꽈당 넘어지는 어린 동생들만 돌볼 뿐이었습니다.

"우리 집에는 모두 열두 남매가 있어요. 아버지가 일주일에 16실링밖에 못 벌어 오는데 저희 어머니는 그 돈으로 온 식구들을 배곯지 않게 먹이신답니다. 동생들은 온종일 황무지에서 뒹굴며 놀고요, 어머니는 황무지가 애들을 살찌운다고 믿거든요. 우리 디콘은 열두 살인데 제 망아지가 있어요!"

처음에는 시큰둥하던 메리는 곧 착하고 마음씨 좋은 마사의 이야기에 귀를 기울였습니다.

"망아지를 어디서 얻었는데?"

"망아지가 새끼 때, 제 어미랑 있는 걸 보곤 그때부터 친구가 되었지요. 디콘이 빵 부스러기도 갖다 주고 연한 풀도 뜯어다 주고 하니까 망아지도 디콘을 졸졸 따라다녀요."

메리는 애완동물을 키워 본 적은 없지만 뭐든 하나 키웠으면 좋겠다는 생각이 들었습니다. 그래서 디콘이라는 아이에게 관심이 생겼습니다.

옆방에 들어간 메리는 마사가 식탁 위에 차려 놓은 음식을 심드렁하게 바라보았습니다.

"먹기 싫어."

"오트밀이 먹기 싫다고요? 우리 동생들이 여기 있었더라면 오 분도 안 되어 깨끗하게 접시를 다

비웠을 텐데요. 매 새끼나 여우처럼 늘 굶주려 있거든요."

메리는 여전히 심드렁한 얼굴로 말했습니다.

"그럼 이걸 동생들한테 갖다 주지 그래?"

"이건 제 것이 아닌걸요. 그리고 제가 집에 갈 수 있는 날은 한 달에 한 번 휴가 때뿐이에요."

메리는 마지못해 차를 조금 마시고, 토스트에 마멀레이드를 조금 발라 먹었습니다.

"따뜻하게 입고 밖에 나가 보세요. 배가 고파져서 음식을 맛나게 먹고 싶어질 테니까요."

마사의 말에 메리가 창밖을 내다보며 말했습니다.

"밖에? 오늘 같은 날 뭐하러 밖에 나가?"

"글쎄요, 우리 디콘은 황무지에 나가서 혼자 몇 시간이나 노는걸요. 그래서 망아지하고 친구도 되고, 또 황무지에 사는 양이나 새들도 디콘을 알아요. 우리 디콘은 아무리 먹을 게 적어도 언제나 동물 친구들에게 줄 빵 부스러기를 남겨 두거든요."

메리가 밖으로 나가기로 결심한 건 바로 디콘에 대한 이야기 때문이었습니다. 마사는 아래층으로 내려가는 길을 가르쳐 주다가 주춤하며 말했습니다.

"참, 어떤 뜰에는 자물쇠가 잠겨 있을 거예요. 지난 십 년 동안 아무도 들어가지 않은 비밀의 뜰이지요. 마님이 돌아가시자 주인님이 문을 잠그곤 열쇠도 땅에 묻어 버렸답니다. 아이고, 메들록 부인이 절 찾으시네요. 빨리 가 봐야겠어요."

마사가 황급히 자리를 뜨자 메리는 집을 나와 근처 관목 사이로 난 문으로 통하는 길을 따라 걸어갔습니다. 십 년 동안이나 아무도 들어간 적이 없다는 뜰이 도대체 어떻게 생겼는지, 그 안의 꽃들이 아직 살아 있는지 궁금해하면서 말이에요.

관목 사이로 난 문을 지나자 곧 널따란 잔디밭이 펼쳐지고, 산책로가 구불구불 나 있는 커다란 뜰이 나왔습니다. 길 끝에서 담쟁이덩굴로 뒤덮인 긴 담을 따라가자 초록색 문이 보였습니다. 하지만 그 문은 굳게 잠긴 문이 아니었습니다. 안으로 들어가 보니 이 뜰은 또 여러 개의 다른 뜰과 이어져 있었습니다. 그때 갑자기 어깨에 삽을 둘러맨 정원사 벤 웨더스타프 노인이 걸어 나왔습니다. 벤 노인은 메리를 보자 화들짝 놀라는 표정을 짓더니 곧 모자를 살짝 들어 올려 인사를 했습니다. 메리가 먼저 물었습니다.

"여기가 뭐하는 데야?"

"채소밭이지."

메리가 두 번째 문을 가리키며 또 물었습니다.

"저기는?"

"거기도 채소밭이지. 그 너머는 과수원이고."

"들어가도 돼?"

"그러고 싶으면 그렇게 해. 하지만 뭐 볼 건 없다."

메리는 대꾸도 하지 않고 길을 따라 내려가서 두 번째, 세 번째 초록색 문을 지나 과수원으로 들어갔습니다. 과수원의 비탈진 높은 데에 올라가 보니 담은 과수원으로부터 어디론가 끝없이 이어져 건너편에 있는 어떤 곳을 감싸 안은 듯 보였습니다. 가슴이 붉은 새 한 마리가 담 안에 있는 어떤 나무의 높은 가지에 앉아 메리를 부르기라도 하듯 지저귀는 모습이 보였습니다.

'저 새는 틀림없이 비밀의 뜰에 대해서 알고 있을 거야.'

메리가 다시 처음에 들어간 채소밭으로 갔습니다. 노인은 땅을 일구고 있었습니다.

"나 과수원까지 가 봤어. 그런데 거기는 다음 뜰로 통하는 문이 없던데. 그리고 담 너머 뜰에 있는 나무 꼭대기에 가슴이 붉은 새가 앉아서 노래를 했어."

그러자 노인은 과수원 쪽으로 돌아서서 휘파람을 불었습니다. 다음 순간 놀랍게도 새 한 마리가 날아와 노인의 발치에 사뿐히 내려앉았습니다. 메리가 본 바로 그 가슴이 붉은 새였습니다.

노인은 마치 어린애 어르듯 새에게 말을 걸었습니다.

"요 녀석, 그동안 어디 갔었냐? 요즘 통 안 보이

더니 그새 짝을 찾은 게야?"

"할아버지가 부르면 언제나 이렇게 날아와? 무슨 새야?"

"붉은가슴울새란다. 새 중에서 제일 정이 많고 호기심이 많은 놈이지. 하지만 나머지 새끼들이 뿔뿔이 다 흩어지고 나서는 제가 외롭다고 여기고 있단다."

"나도 외롭단다."

메리는 붉은가슴울새 곁으로 다가가 뚫어져라 바라보며 중얼거렸습니다. 노인은 메리를 물끄러미 바라보다가 말했습니다.

"아가씨가 인도에서 왔다는 그 처자야? 그렇다면 외롭다고 해도 놀랄 게 하나도 없구먼. 앞으로는 전보다 더 외로워질 텐데."

그때 붉은가슴울새가 갑자기 사과나무 위로 올라가 노래를 부르기 시작했습니다. 벤 노인이 껄껄 웃으며 말했습니다.

"암만해도 저 녀석이 아가씨와 친구가 되기로 한 모양이군."

"너, 정말 내 친구가 되어 줄 거니?"

메리는 사과나무 곁으로 다가가 붉은가슴울새를 올려다보며 물었습니다. 그때 붉은가슴울새가 날개를 활짝 펴고는 하늘 높이 날아갔습니다. 메리가 놀라서 외쳤습니다.

"새가 담을 넘어 문이 없는 뜰로 들어갔어!"

"그야 거기 사니까. 거기 오래된 장미나무가 있으니, 제 짝을 찾았다면 바로 그쪽 어딘가에 있는 붉은가슴울새한테 가겠지."

"장미? 거기에 장미가 있어?"

"십 년 전에는 있었지만 지금은 없어."

"그 장미가 보고 싶어. 어딘가에 틀림없이 문이 있을 거야!"

"아무도 찾을 수 없구먼. 신경 쓸 일도 아니고. 공연히 여기저기 돌아다니지 말라고."

노인은 땅 파던 삽을 어깨에 둘러메고는, 메리에게 인사는커녕 눈길 한 번 주지 않고 가 버렸습니다.

The Secret Garden

비밀의 화원

누군가 울고 있어!

 메리는 이제 아침에 눈을 뜨면 밖으로 뛰어나가곤 했습니다. 그건 메리가 이제껏 한 일 중에서 제일 잘한 일이었습니다. 오솔길을 따라 빨리 걷거나 뜀박질을 할 때면 몸속에서 천천히 돌던 피가 빠르게 움직이기 시작했고, 뺨은 발그레해지고, 흐릿하던 눈도 반짝였습니다. 또 무엇보다 놀라운 건 집 밖에서 지낸 어느 날 아침, 배가 고픈 게 어떤 것인지 처음으로 알게 된 것입니다. 마사가 가져온 음식을 그릇이 싹 비워질 때까지 열심히 퍼 먹었으니까요.

어느 날 저녁을 먹고 난 후 메리는 벽난로 앞에 앉아 차를 마셨습니다. 밖에서는 황무지에서 불어오는 바람이 으르렁거리듯 무섭게 들려왔습니다. 메리는 마사에게 계속해서 궁금한 것들을 물어보았습니다.

"고모부는 왜 그 뜰을 싫어하는 거지?"

마사는 머뭇거리다가 대답했습니다.

"그 뜰은 마님이 주인님과 결혼하고서 만든 거예요, 유난히 꽃을 좋아하던 마님은 그 뜰에다 온갖 꽃과 나무를 심고 가꾸었어요. 뜰에는 아주 오래된 나무가 있었는데 가지가 의자처럼 굽어서 마님은 늘 거기 앉곤 했지요. 그런데 어느 날 그 나뭇가지가 부러지면서 마님이 땅에 떨어져 심하게 다치고 말았어요. 그리고 이튿날 돌아가시고 말았지요. 그 후 나리는 그 뜰을 싫어하게 되었고, 아무에게도 그 뜰 이야기를 꺼내지 못하도록 했어요."

메리는 더 이상 아무것도 묻지 않았습니다. 하지만 난생처음 다른 사람이 가엾게 느껴졌습니다. 그때였습니다. 울부짖는 바람 소리와 함께 갑자기 어디선가 아이의 울음소리 같은 것이 들렸습니다. 메리가 고개를 돌리고 마사를 쳐다보았습니다.

"울음소리, 들려?"

마사는 별안간 당황한 표정을 지었습니다.

"아, 아니요. 황무지에서는 가끔 바람 소리가 누

가 우는 소리처럼 들릴 때가 있답니다."

"아냐, 잘 들어 봐. 저 소리는 집 안에서 나고 있어. 긴 복도 저쪽에서 들리는 소리야!"

갑자기 아래층 어딘가에서 문이 열리고, 서둘러 누군가 복도로 달려가는 소리도 들렸습니다. 그리고 그와 동시에 갑자기 거센 돌풍이 불어와 메리와 마사가 앉아 있는 방의 문을 확 열어젖혔습니다. 그 바람에, 멀리 복도에서 들려오는 울음소리가 더욱더 잘 들려왔습니다.

"내 말이 맞잖아! 누가 울고 있어! 저건 아이의 울음소리야!"

마사가 얼른 달려가 문을 닫고 열쇠로 잠갔습니다.

"바람 소리라니까요! 그게 아니면 식기실에서 일하는 조그만 하녀 베티가 이가 아파서 우는 소리인지도 모르고요."

마사는 괜히 허둥대며 우겨 댔습니다. 메리는 왠지 마사가 뭔가 숨기고 있다는 생각이 들었습니다.

다음 날 비가 억수같이 퍼부었습니다. 밖에 나가지 못해 심심해진 메리가 마사에게 물었습니다.

"이렇게 비가 오는 날이면, 너희 오두막에선 뭘 하며 노니?"

"다 큰 애들은 외양간에 가서 놀고, 디콘은 밖에 나가서 비를 홀딱 맞으며 놀아요. 한번은 도랑에 빠져 반쯤 죽어 가는 여우 새끼를 데려와서는 정성껏 돌봐 주었답니다. 지금도 그놈이 집에 있어요. 또 물에 빠져 다 죽게 된 새끼 까마귀도 데려왔지요. 검댕이라는 뜻의 '수트'라는 이름도 지어 줬고요. 디콘이 어디를 가든 그놈도 졸졸 따라다녀요."

어느 사이엔가 메리는 마사의 이야기에 슬슬 흥미를 느꼈습니다. 무엇보다 마사의 어머니와 디콘에게 마음이 끌렸습니다.

메리가 한숨을 폭 쉬었습니다.

"내게도 데리고 놀 여우 새끼나 까마귀가 있었으면……. 난 놀 게 아무것도 없어."

"그럼 책을 읽든지, 아니면 글자 쓰기 연습을 하지 그래요?"

"책이 없어. 내 책은 다 인도에 두고 왔는걸."

"아휴, 아깝네요. 메들록 부인이 서재에 들어가도 된다고 허락해 주면 좋을 텐데요. 거긴 책이 잔뜩 있거든요……."

 마사 이야기를 듣는 순간, 문득 집 안에 있다는 백 개의 방이 떠올랐습니다.

 '진짜 이곳에 방이 백 개 있을까? 그 방이 정말 다 잠겨 있는 건 아니겠지?'

 궁금해진 메리는 마사가 방 청소를 마치고 아래층으로 내려가자, 복도로 나가서 돌아다니기 시작했습니다. 복도는 아주 길었고, 계단을 몇 개 올라가면 또 다른 복도가 나왔습니다. 방문은 거의 다 잠겨 있었지만 메리는 마침내 잠겨 있지 않은 방을 찾았습니다. 방 안은 인도에서 본 것과 같은 장식품과 골동품, 상아로 만든 코끼리 들로 가득 차 있었습니다. 메리는 다른 방의 문을 열고 또 열었습니다. 세어 보지는 않았지만 방이 백 개쯤 되겠다는 생각이 들 정도로 저택에는 많은 방이 있었습니다.

 한참을 돌아다닌 메리는 다리도 아프고 피곤해서 자기 방으로 돌아가려 마음먹었습니다. 그러나 복도를 두세 번이나 잘못 들어서는 바람에 길을 잃고 헤매기 시작했습니다. 그렇게 헤매다 태피스트리(여러 실로 그림을 짜 넣은 장식품)가 걸린 복도 쪽으로 다가갔을 때였습니다. 갑자기 어디선가 울음소리가 들려왔습니다. 그 소리는 어젯밤 들었던 소리와 비슷했습니다.

 "어젯밤보다 더 가까이서 들려. 이건 분명 울음소리야!"

 메리는 무심코 벽에 걸린 태피스트리에 손을 짚었다가 소스라쳐 놀랐습니다. 그 태피스트리는 문을 가리고 있었던 것입니다. 문을 열자, 그 안으로 죽 이어진 복도가 보였습니다. 그때 복도 끝에서 열쇠 꾸러미를 손에 쥔 메들록 부인이 나타나서는 화를 내며 메리의 팔을 낚아챘습니다.

"여기서 뭐하는 거죠?"

"모퉁이를 잘못 돌았어. 어디로 갈지 몰라 서 있는데, 누가 우는 소리가 들렸어."

"아뇨, 아가씨는 그런 소리를 들은 적이 없어요. 어서 아가씨 방으로 가요!"

메들록 부인이 메리의 팔을 잡아끌고 복도를 내려가 메리의 방으로 밀어 넣었습니다.

"이제부터 가지 말라는 곳에는 절대 가지 마세요! 안 그러면 가둬 놓을 거예요. 그리고 주인님 말씀대로 가정교사를 붙이는 게 좋겠군요. 아가씨를 엄하게 가르칠 사람이 필요하니까!"

메들록 부인은 쾅 소리 나게 문을 닫았습니다. 메리는 분노로 얼굴이 하얗게 질려 벽난로 깔개

에 주저앉았습니다. 메리는 울음을 터뜨리는 대신 이를 박박 갈며 중얼거렸습니다.
"아이가 울고 있었어! 정말이야!"
메리는 벌써 두 번이나 들었으니 이제 곧 그 정체를 알아낼 수 있을 거라는 생각이 들었습니다.

The Secret Garden

비밀의 화원

드디어 찾아낸 비밀의 뜰

 이틀 뒤 메리는 눈을 뜨자마자 마사를 불렀습니다.
 "황무지 좀 봐! 저 황무지 좀 보라고!"
 폭풍우가 그치자 잿빛 안개와 검은 구름이 사라진 황무지 위에 높고 푸른 하늘이 걸려 있었습니다.

"해마다 이맘때쯤이면 언제 그랬냐는 듯 폭풍우가 사라진답니다. 봄이 오고 있어서 그래요. 조금 있으면 가시금작화, 양골담초꽃, 진홍색 종처럼 생긴 히스꽃이 만발할 거예요. 그럼 아가씨도 디콘처럼 해가 뜨자마자 나가서 온종일 놀고 싶어지겠지요! 참, 오늘 저는 한 달에 한 번 쉬는 날이라 집에 가요!"

마사는 들뜬 얼굴로 말했습니다. 메리가 창문 너머 드넓게 펼쳐진 황무지를 보며 말했습니다.

"나도 너희 오두막집을 보고 싶어."

"글쎄요, 아가씨는 오두막까지 팔 킬로미터는 못 걸을 거예요. 하지만 어머니께 물어볼게요. 어머니는 늘 뭘 어떻게 해야 하는지 잘 아는 분이니까요."

"난, 너희 엄마가 좋아. 디콘도 좋고!"

메리는 한 번도 본 적 없는 그들을 떠올렸습니다.

마사는 메리에게 아침을 주고는 들뜬 마음으로 가 버렸습니다. 메리는 마사가 없으니 더욱 외로웠습니다. 밖으로 나가 텃밭으로 가자 벤 노인이 정원사 두 명과 함께 일을 하고 있는 게 보였습니다. 날씨가 좋아지자 기분이 좋은지, 벤 노인이 먼저 말을 걸어왔습니다.

"봄이 오고 있구나. 봄 냄새를 맡을 수 있겠니?"

메리가 코를 킁킁거리며 말했습니다.

"향긋하고 신선하고 축축한 냄새가 나."

"기름진 흙냄새란다. 흙도 겨우내 심심하게 있다가 뭘 키울 생각을 하니까 기분이 좋아진 모양이다. 저쪽 다른 뜰에서도 컴컴한 땅속에서 뭔가가 꼬물거리고 있을 거구만."

벤 노인과 메리가 말을 주고받을 때였습니다. 파닥이는 날갯짓 소리와 함께 붉은가슴울새가 날아와 메리의 발치에서 폴짝폴짝 뛰어다니더니 빤히 쳐다보았습니다.

"그럼 얘가 사는 뜰에도 땅속에서 뭔가가 꼼지락거리고 있을까? 늙은 장미나무가 있는 데 말이야. 거기 꽃들은 다 죽었을까?"

"저 녀석한테 물어보렴. 그걸 아는 건 저 녀석뿐일 테니. 십 년 동안 들어가 본 사람은 아무도 없으니까."

메리는 십 년이 아주 긴 시간이라고 생각했습니다. 메리가 태어난 게 십 년 전이었으니까요.

메리는 생각에 잠겨 담쟁이덩굴로 덮인 긴 오솔길을 느릿느릿 걸었습니다. 두 번째로 그 길을 왔다 갔다 하는데, 붉은가슴울새가 메리를 따라오

는 게 보였습니다. 그때 개가 두더지를 잡으려고 파헤쳤는지, 깊게 파인 구덩이가 보였습니다. 붉은가슴울새는 그리로 날아가 모이를 찾으려는 듯 열심히 흙을 파헤쳤습니다. 무심코 붉은가슴울새가 파헤친 구덩이를 보던 메리의 눈이 반짝 빛났습니다. 땅속에 반쯤 파묻혀 있는 녹슨 쇠고리가 눈에 띈 것입니다. 얼른 손을 뻗어 그 고리를 꺼냈습니다. 놀랍게도 그건 아주 오랫동안 묻혀 있던 것처럼 보이는 낡은 열쇠였습니다. 메리는 떨리는 마음으로 열쇠를 손에 들고 내려다보았습니다.

"이건 십 년 동안 땅속에 있던 그 뜰의 열쇠일지

도 몰라!"

메리는 문을 찾기만 하면 당장 들어갈 수 있도록 늘 주머니에 열쇠를 넣고 다니기로 했습니다.

다음 날 집에 다녀온 마사가 앞치마에서 무언가를 꺼냈습니다. 그건 빨간색과 파란색 줄무늬 손잡이가 양쪽에 달린 튼튼하고 가느다란 줄이었습니다. 마사는 신이 나서 말했습니다.

"이건 어머니께서 넓디넓은 집에서 혼자 지낼 아가씨를 위해 산 줄넘기예요! 제가 모은 봉급 중에서 2펜스를 주고 샀지요!"

메리는 어리둥절한 표정으로 바라보며 물었습니다.

"이건 뭐에 쓰는 거야?"

"어머나, 인도에는 코끼리랑 호랑이랑 낙타도 있다면서 줄넘기도 안 해 보셨어요?"

마사는 줄넘기를 잡고는 펄쩍펄쩍 뛰며 백을 셀 때까지 줄을 넘었습니다. 메리는 신이 나서 의자에서 벌떡 일어났습니다.

"고마워! 너희 엄마는 정말 친절하신 분이야. 나도 너처럼 줄넘기를 잘할 수 있을까?"

"그럼요. 연습하면 자꾸 늘어요. 어머니는 아가씨한테 줄넘기보다 더 좋은 건 없다고 하셨어요. 밖에 나가서 신선한 공기를 마시며 팔다리를 쭉쭉 뻗고 운동을 하다 보면 튼튼해질 거라면서요. 어서 밖에 나가 해 보세요!"

줄넘기는 메리에게 정말 멋진 선물이었습니다. 메리는 줄을 넘으면서 뺨이 빨개지도록 숫자를 셌습니다. 세상에 태어나서 이렇게 재미있는 일은 처음이었습니다. 메리는 줄넘기를 하면서 늘 가던 산책로 쪽으로 가 보기로 했습니다. 숨이 차

서 멈추었다가 다시 가곤 했지만 메리는 줄넘기를 서른 번도 더 할 수 있는 게 마냥 기뻤습니다. 그때 붉은가슴울새가 기다랗게 뻗은 담쟁이덩굴 위에 앉아 그네를 타는 게 보였습니다.

"어제 네가 열쇠 있는 곳을 가르쳐 주었지. 오늘은 문이 있는 곳을 가르쳐 주렴."

메리가 붉은가슴울새 가까이 다가가려는데 갑자기 작은 돌풍이 불어와 늘어진 담쟁이덩굴을 옆으로 휙 밀쳤습니다. 그 순간, 메리는 자기도 모르게 팔짝 뛰어올라 담쟁이줄기를 움켜잡았습니다. 그 아래로 뭔가가 언뜻 보였습니다. 담쟁이덩굴로 뒤덮인 둥그런 손잡이, 그건 문의 손잡이였습니다.

메리는 너무 기쁘고 설레어 가슴이 쿵쿵 뛰었습니다. 담쟁이 잎사귀를 제치자 네모난 무언가가 만져졌습니다. 그건 십 년 동안 잠겨 있던 문의 열쇠 구멍이었습니다. 주머니에서 열쇠를 꺼내 구멍에 꽂고 돌리자 열쇠가 조금씩 돌아갔습니다. 메리는 떨리는 마음으로 천천히 문을 열었습니다. 아주 천천히.

안으로 들어간 메리는 설렘과 놀라움, 기쁨으로 주위를 둘러보았습니다. 이곳은 바로 비밀의 뜰이었습니다.

"꽃나무들은 완전히 죽었을까? 그렇지 않았으면 좋겠는데."

메리는 줄넘기를 하며 뜰을 한 바퀴 돌아보기로 했습니다, 두 번째 정자에 갔을 때 꽃밭처럼 보이는 곳이 나타났습니다. 메리는 줄넘기를 멈추고 벤 노인의 말을 떠올리며 무릎을 꿇고 살펴보았습니다.

"그래, 뭔가 조그만 것들이 자라고 있어! 여긴 완전히 죽은 뜰은 아니야! 장미들은 죽었다 하더라도, 다른 것들은 다 살아 있어! 맞아, 새싹들에게 숨 쉴 틈을 줘야지!"

메리는 뜰 가꾸기에 대해서는 아는 게 없었지만 삐죽삐죽 돋아나는 새순들이 잘 자라도록 끝이 뾰족한 나무 막대기로 풀과 잡초를 뽑아 주었습니다. 그곳의 잡초를 다 뽑은 후에도 이 꽃밭에서 저 꽃밭, 이 나무에서 저 나무로 오가며 계속해서 일을 했습니다.

"이따가 다시 올게."

메리는 점심시간이 되자 자기가 만든 새 왕국을 돌아보며 나무와 덩굴장미들이 자기 말을 알아듣기라도 하듯 말했습니다. 메리가 발그레해진 뺨과 반짝거리는 눈빛으로 돌아와 음식을 맛있게 먹자 마사는 기뻐하며 말했습니다.

"줄넘기 덕에 아가씨가 얼마나 달라졌는지 어머니한테 말씀드리면 정말 좋아하실 거예요!"

"마사, 근데 양파처럼 생긴 하얀 뿌리는 뭐야?"

"그건 알뿌리예요. 봄에 피는 꽃은 알뿌리에서 피는 게 많아요. 디콘은 우리 밭에다가 알뿌리를 잔뜩 심어 놨어요."

"알뿌리는 오래 사니? 아무도 가꿔 주지 않아도 몇 년이고 오래오래 살 수 있어?"

"누가 못살게 굴지 않으면 제 스스로 자라고 뻗어 나가서 새끼 알뿌리를 만들지요."

메리는 다시 호기심 어린 눈으로 물었습니다.

"작은 삽 하나에 얼마나 할까?"

메리는 고모부가 메들록 부인을 통해 토요일마다 1실링씩 주는 용돈을 떠올리며 말했습니다. 마사가 물었습니다.

"삽은 어디에 쓰려고요? 땅을 파 보려고요?"

메리는 잠시 생각에 잠겼습니다. 비밀의 왕국을 지키려면 조심해야만 했거든요. 고모부가 알았다 간 불같이 화를 내며 새 열쇠로 문을 영영 잠가 버릴 게 분명했습니다. 메리는 은근슬쩍 얼버무렸습니다.

"여긴 크고 너무 쓸쓸해. 그래서 작은 삽이 하나 있으면 어딘가에 땅을 파서 조그만 꽃밭을 만들 수 있을 것 같아서."

"스와이트 마을 가게에서 정원 가꾸기에 필요한 삽이랑 갈퀴, 쇠스랑을 묶어서 2실링에 파는 걸 봤어요. 꽃씨도 팔아요. 만약 그게 필요하면 우리 디콘한테 정원 가꾸기 세트랑 씨앗을 사 오라고 편지를 써 보내는 게 어떠세요?"

"그래, 디콘이라면 뭐든지 다 잘 알 거야!"

메리는 기뻐하며 마사가 가져온 펜과 잉크로 정성들여 편지를 썼습니다.

사랑하는 동생 디콘에게

잘 지내고 있니? 메리 아가씨가 돈을 줄 테니 네가 스와이트 마을 가게에 가서 정원 가꾸기 세트랑 꽃씨를 사다 주렴. 참, 아가씨는 한 번도 꽃을 가꿔 본 적이 없고 인도에서 살다 왔으니까 가장 기르기 쉬운 것으로 골라야 해.

그럼 어머니와 동생들 모두에게 안부 전해 주렴.

-사랑하는 누나 마사 피비 소피아가

"편지 봉투에 돈을 같이 넣어서 푸줏간 아이더러 디콘에게 전해 주라고 하면 될 거에요. 그 아이는 디콘하고 친하거든요. 디콘이 물건을 사면, 여기로 가져올 거예요."

"와! 그럼 디콘을 볼 수 있겠네! 여우랑 까마귀를 친구로 둔 남자애는 처음이야!"

메리가 기쁜 표정으로 탄성을 질렀습니다. 그러다가 문득 생각났다는 듯 물었습니다.

"참, 오늘도 식기실 하녀가 이가 아팠니? 아까 복도에 나갔더니 또 울음소리가 들리더구나. 오늘은 바람이 불지 않으니까 바람 소리일 리는 없잖아. 이번이 세 번째야."

"아휴, 그러다 메들록 부인한테 혼나면 어쩌려고 그래요? 앗, 나를 찾는 종소리가 들리네요."

마사는 달음박질하듯이 달려 내려갔습니다.

"이렇게 이상한 집은 처음이야."

메리는 상쾌한 공기를 맡으며 땅을 파고 줄넘기

를 한 덕분에 기분 좋은 피곤이 몰려와 푹신한 팔걸이의자에 머리를 대고 금세 잠이 들었습니다.

The Secret Garden

비밀의 화원

땅을 조금 가질 수 있을까요?

 메리는 자기가 찾아낸 그곳을 '비밀의 화원'이라고 불렀습니다. 메리는 그사이에도 꾸준히 땅을 파고 잡초를 뽑았습니다. 처음보다 벤 노인과 부쩍 가까워진 메리는 하루에도 몇 번이나 불쑥 나타나 벤 노인을 놀라게 했습니다.
"할아버지는 장미를 좋아해?"

"좋아하고말고. 내가 정원사로 일했던 집 부인한테 배웠지. 그 부인은 자기가 좋아하는 곳에다 장미를 엄청 많이 심었어."

"그 부인은 지금 어디 사는데?"

"천국에. 사람들도 모두 그렇게 생각하고 있어."

벤 노인은 삽을 땅속 깊이 박으며 말했습니다.

"그럼 그 집 장미는 어떻게 됐어? 다 죽었어?"

"글쎄, 모르겠다. 일 년에 한두 번씩 가서 가지도 쳐 주고 뿌리 언저리도 파 주고 해 줬는데 올해는 못 갔다. 류머티즘 때문에 다리가 아파서……. 그런데 성가시게 뭘 그렇게 꼬치꼬치 묻고 그러냐? 이제 그만 가서 놀아라!"

벤 노인은 갑자기 역정을 냈습니다. 메리는 노인이 자신에게 그렇게 퉁명스럽게 구는데도 자기가 노인을 좋아한다는 게 정말 이상한 일이라고 종알거렸습니다.

 메리가 신 나게 줄넘기를 하면서 조그만 문에 이르렀을 때 한 소년이 나무에 기대앉아 피리를 불고 있는 게 보였습니다. 들창코에 붉은 뺨을 가진 소년이었습니다. 소년이 부는 피리 소리를 들으려는 듯 다람쥐와 토끼 두 마리가 곁에 앉아 있었고, 근처 덤불 뒤에서는 수꿩이 우아하게 목을 빼고 내다보고 있었습니다. 메리를 본 소년이 피리 부는 걸 멈추고 일어났습니다. 메리는 첫눈에 그 소년이 디콘이라는 걸 알 수 있었습니다.

 "난 디콘이에요. 메리 아가씨 맞지요? 아가씨가 부탁한 원예도구들을 사 왔어요. 꽃씨도요! 제가 꽃씨를 심어 드릴게요. 그런데 아가씨 꽃밭은 어디에 있어요?"

 메리는 갑자기 얼굴이 빨개지고 가슴이 쿵쿵거

렸습니다. 디콘에게 뭐라고 말을 해야 할지 미처 생각하지 못했거든요. 메리는 울 듯한 표정으로 말했습니다.

"난 남자아이들에 대해서 잘 몰라. 내가 너한테 비밀을 말하면 지킬 수 있니?"

디콘이 머리를 벅벅 문지르다가 곧 시원하게 대답했습니다.

"전 언제나 비밀을 잘 지켜요. 여우 새끼나 들짐승이 사는 굴이랑 새 둥지가 어딘지 딴 아이들에게 말해 주면 어떻게 동물들과 친구가 되겠어요."

메리는 자기도 모르게 디콘의 소매를 움켜쥐며 말했습니다.

"사실은 내가…… 뜰 하나를 훔쳤어. 하지만 내 것도 아니지만 누구의 것도 아니야. 아무도 돌봐 주지 않고 들어가지 않는 곳이라고. 그러니까 아무도 내게 그곳을 빼앗아 갈 수는 없어! 내가 그 비밀의 화원을 찾아냈고 나 혼자 들어갔어. 나도 붉은가슴울새랑 똑같아. 사람들은 새한테서 정원을 빼앗지는 않잖아!"

메리는 흥분한 나머지 두 팔로 얼굴을 감싸고 울음을 터뜨렸습니다. 디콘이 놀란 얼굴로 조심스럽게 물었습니다.

"그게 어디 있는데요?"

"나랑 같이 가. 보여 줄게."

메리는 눈물을 멈추고는 디콘을 데리고 담쟁이 덩굴이 무성하게 자란 곳으로 갔습니다. 그러고는 천천히 문을 열고 미끄러지듯 안으로 들어갔습니다.

"여기가 바로 비밀의 화원이야!"

디콘은 주위를 둘러보더니 들뜬 얼굴로 낮게 외쳤습니다.

"와! 정말 근사하고 신기한 곳이네요. 여기를 보게 될 줄은 꿈에도 몰랐어요. 마사 누나가 아무도 들어가 보지 못한 뜰이 있다고 말해 줬거든요."

"그런데 장미꽃이 피어날까? 네가 알 수 있니? 난 모두 죽어 버렸을 거라고 생각했거든."

메리는 디콘을 데리고 제일 가까운 장미나무 곁으로 갔습니다. 디콘은 파르스름한 빛이 도는 가지를 보여 줬습니다.

"잘라 내야 할 늙은 가지가 많긴 하지만, 작년에 새로 난 가지도 많아요. 여기 이것 보세요! 아가씨나 저만큼 싱싱하게 살아 있어요."

"아, 정말 다행이야! 우리 뜰을 한 바퀴 돌면서 살아 있는 나무가 얼마나 되는지 세어 보자."

메리와 디콘은 이 나무 저 나무, 이 수풀 저 수풀을 헤매며 나뭇가지와 알뿌리 화초들을 보며 살아 있는지 살폈습니다. 그러다가 둘이 버팀목을 세운 큰 장미나무 쪽으로 갔을 때였습니다. 디콘은 꽃밭을 보고 깜짝 놀라 물었습니다.

"누가 저렇게 했어요?"

"내가 했어."

"세상에, 나는 아가씨가 꽃 가꾸는 것에 대해 아무것도 모르는 줄 알았어요."

"난 그저 새싹들이 숨을 쉬도록 자리를 만들어 준 것뿐이야."

"아가씨, 어느 정원사도 이보다 더 잘하지는 못했을 거예요. 이건 크로커스랑 아네모네 새싹이

네요. 이건 수선화고요. 이야, 여기 나팔수선화도 있어요! 정말 장하세요!"

"사실 요즘 살이 좀 쪘어. 힘도 세지고. 예전에는 늘 피곤했는데 땅을 파니까 조금도 피곤하지 않아. 흙을 고를 때 나는 흙 냄새도 좋고."

디콘이 칭찬을 해 주자 메리는 저절로 기분이 좋아졌습니다.

"내일도 나를 도와줄래? 물론 나도 옆에서 땅도 파고 잡초도 뽑고 네가 하라는 일은 뭐든지 다 할게. 부탁이야, 디콘!"

"아가씨가 오라고 하면 비가 오든 해가 쨍쨍하든 날마다 올게요. 이제껏 이렇게 재미있는 일은 처음이에요. 여기 틀어박혀서 잠자는 뜰을 깨우는 일 말이에요."

디콘은 다시 나무와 덤불들을 바라보다가 말했

습니다.

"근데, 이상하네요. 아무래도 우리 말고 누군가 여기에 들어온 것 같아요. 붉은가슴울새 말고요. 이 나무들은 누가 다듬어 준 것만 같거든요."

"글쎄, 열쇠도 없고 문도 없는데 누가 들어왔을까?"

메리는 고개를 갸우뚱했습니다. 그러다 갑자기 디콘을 빤히 바라보았습니다.

"디콘, 너는 마사 말대로 참 착해. 난 네가 좋아. 네가 다섯 번째야. 난 내가 다섯 사람이나 좋아할 줄은 정말 몰랐어."

"좋아하는 사람이 다섯 명뿐이라고요? 다른 네 사람은 누군데요?"

메리가 볼우물을 지으며 대답했습니다.

"응, 네 엄마와 마사, 그리고 붉은가슴울새하고

벤 웨더스타프 할아버지야."

디콘은 웃음을 터뜨리다가 누가 들을세라 얼른 옷소매로 입을 틀어막았습니다.

"아가씨는 좀 별나긴 하지만 나도 아가씨가 좋아요. 붉은가슴울새도 그럴 거예요."

"우아, 그럼 날 둘이나 좋아하는 거야?"

메리는 환하게 웃었습니다. 그리곤 더욱 신이 나서 열심히 일을 했습니다. 메리는 마당에 있는 큰 시계의 종소리를 듣고 점심시간이 되었다는 걸 알았습니다.

"난 가 봐야 해. 너도 가야 되지?"

"아뇨, 우리 어머니는 언제나 주머니에 뭘 넣어 주시거든요."

디콘은 깨끗한 손수건에 꽁꽁 싸맨 두툼한 빵을 꺼냈습니다. 메리는 마지못해 문 쪽으로 가다가 갑자기 뒤돌아섰습니다.

"무슨 일이 있어도 넌…… 말하지 않을 거지?"

"붉은가슴울새가 나에게 자기 둥지가 어디 있는지 가르쳐 줬다면, 내가 그걸 누구한테 말할 거라고 생각하세요? 나는 안 그래요. 아가씨는 붉은가슴울새처럼 안전할 거예요."

디콘이 빵을 베어 물다 말고 말했습니다. 메리는 틀림없이 디콘이라면 그럴 거라고 생각하며 방으로 달려갔습니다. 어찌나 빨리 달렸는지, 자기 방에 닿았을 때는 숨이 턱에 찰 지경이었습니다. 메리는 숨찬 목소리로 마사에게 말했습니다.

"마사, 디콘을 봤어! 디콘을 봤다고! 디콘은 잘생겼어!"

"잘생겼다고요? 코가 반짝 들리고 눈도 너무 동그랗잖아요?"

"난 들창코가 좋아. 동그란 눈도 좋아. 참, 디콘이 그걸 가져왔어. 원예용품이랑 씨앗을!"

메리는 아주 신이 났습니다. 그때 마사가 문득 생각난 듯 말했습니다.

"어머나, 내 정신 좀 봐! 아가씨, 주인님께서 돌아오셨는데 아가씨를 만나고 싶어 하신대요."

메리가 놀라서 물었습니다.

"뭐? 내가 여기 왔을 때는 날 만나고 싶어 하지 않았잖아."

"글쎄요, 메드록 부인 말로는 우리 어머니가 스와이트 마을까지 걸어가다가 주인님을 만났대요. 그때 어머니가 주인님한테 아가씨 이야기를 뭐라고 했는지 모르지만, 여하튼 주인님이 내일 집을 떠나기 전에 아가씨를 한번 만나 봐야겠다고 생각하신 것 같아요."

말이 끝나자마자 메들록 부인이 메리를 데리러 왔습니다. 메리의 뺨에서 발그레한 기운이 싹 가셨습니다. 가슴이 쿵쾅거리고 예전의 못생기고 뻣뻣하고 말수 적은 아이로 되돌아간 느낌이었습니다. 메들록 부인이 메리를 데리고 간 방에는 한 남자가 벽난로 앞 안락의자에 앉아 있었습니다.

"아이는 여기 두고 부인은 나가 보시오. 아이를 데려갈 때가 되면 종을 울리겠소."

 메들록 부인이 방을 나가자 못생긴 꼬마 메리는 선 채로 야윈 손을 배배 꼬았습니다. 의자에 앉은 남자는 곱사등이라기보다는 어깨가 솟고 약간 굽어 있는 정도였습니다. 크레이븐 씨는 솟은 어깨 너머로 메리를 돌아보았습니다. 크레이븐 씨는 생각했던 것보다 못생긴 얼굴이 아니었습니다. 그런 슬픈 일을 당하지 않았더라면 잘생겼을 얼

굴이었습니다.

크레이븐 씨는 괴로운 표정으로 말했습니다.

"너를 잊고 있었어. 내가 널 어떻게 기억할 수 있겠니? 너한테 가정교사나 보모를 붙여 줄 생각이었는데 깜빡 잊었구나."

메리가 용기를 내어 입을 열었습니다.

"저, 저는 이제 커서 보모는 필요 없어요. 그리고 제발…… 가정교사도 아직은 들이지 말아 주세요."

"소어비 부인과 똑같은 소리를 하는군. 그렇다면 혹시 필요한 건 없니? 장난감이나 책, 인형 같은 거라도……."

그러자 메리는 떨리는 목소리로 물었습니다.

"저…… 따, 땅을 조금 가질 수 있을까요?"

"땅이라고? 그게 무슨 말이냐?"

"꽃씨를 심으려고요. 키워서, 그게 자라는 걸 보려고요."

크레이븐 씨는 메리를 뚫어지게 바라보다가 손을 들어 눈을 가리더니 느릿느릿 말했다.

"땅이라! 그래, 네가 원하는 대로 가져라. 네 말을 들으니 어떤 사람이 생각나는구나. 땅과 땅에서 자라는 것들을 사랑한 사람이었지."

"어디에 있는 땅이든 괜찮을까요? 놀고 있는 땅이라면요?"

"어디든 괜찮다. 자, 이제 가 봐라, 난 피곤하구나. 잘 가라. 난 여름 내내 여기 없을 게다."

크레이븐 씨는 종을 울려 메들록 부인을 불러 메리를 데려가게 했습니다. 방으로 돌아온 메리는 잔뜩 흥분해서 소리쳤습니다.

"마사, 내 뜰을 가질 수 있게 됐어! 내 뜰을!"

메리는 뛸 듯이 기뻤습니다.

The Secret Garden

비밀의 화원

침대 속의 유령, 콜린

 메리는 비가 억수같이 퍼붓고 무서운 바람이 으르렁거리는 밤에 또 그 이상한 울부짖는 소리를 들었습니다.
 "저건 바람 소리가 아니야. 지난번에 들었던 그 울음소리가 틀림없어. 무슨 소리인지 알아봐야겠어. 모두들 잠들었을 테니."

메리는 침대에서 벌떡 일어나 초를 들고서 살그머니 방을 나갔습니다. 복도는 너무나 길고 캄캄했지만, 메리는 지난번에 메들록 부인과 마주쳤던 길을 찾을 수 있을 것 같았습니다. 침침한 촛불을 들고 더듬더듬 복도를 걸어갔습니다. 희미한 울음소리는 계속해서 들려왔습니다. 메리는 울음소리를 따라 앞으로 나아갔습니다. 마침내 태피스트리가 드리워진 문이 보였습니다. 문을 지나 복도의 어느 방문 앞에서 멈추었습니다. 벽 너머에서 누군가가 울고 있었습니다. 그것도 어린아이가!

메리는 조심조심 다가가 방문을 열었습니다. 고풍스런 가구가 놓여 있는 커다란 방에는 따스한 벽난로, 수놓인 실크 커튼, 네 개의 기둥으로 된 침대가 있고, 침대에는 한 남자아이가 누워서 신

경질적으로 울고 있었습니다. 아이는 상아처럼 하얗고 야윈 얼굴에 눈이 퀭해 보였습니다. 메리가 가까이 다가가자 아이는 겁에 질린 얼굴로 조그맣게 속삭였습니다.

"넌 누구니? 유령이야?"

메리도 겁에 질려 속삭였습니다.

"아니야, 그러는 넌 유령이니?"

"아니, 난 콜린 크레이븐이야. 넌 누구니?"

"난 메리 레녹스야. 크레이븐 씨는 우리 고모부야."

"그분은 우리 아버지인데."

"뭐? 고모부한테 아들이 있다는 소리는 듣지 못했는데. 왜 아무도 말을 안 해 줬지?"

"이리 가까이 와 봐."

콜린이 말했습니다. 메리가 침대로 다가가자 콜

비밀의 화원 119

린이 손을 뻗어 메리를 만졌습니다.

"너, 진짜 사람이구나. 하지만 난 진짜 같은 꿈을 자주 꾸거든. 너도 그런 꿈 가운데 하나일지 몰라."

"내가 진짜란 걸 알 수 있도록 너를 살짝 꼬집어 줄게."

"그런데 넌 어디서 왔니?"

"내 방에서. 바람이 하도 불어서 잠을 못 자고 있는데 네 울음소리가 들렸어. 왜 울었니?"

"잠을 잘 수가 없었어. 머리도 아팠고. 네 이름이 뭐였는지 다시 말해 줘."

"메리 레녹스야. 얼마 전에 여기 왔는데, 얘기 못 들었니?"

"아무도 말을 못 했겠지. 내가 알았다면, 난 네가 날 보게 될까 봐 걱정했을 테니까. 난 누가 나

를 보고 이러쿵저러쿵 말하는 걸 싫어하거든. 그걸 가만두지도 않고."

"왜?"

메리가 점점 더 알쏭달쏭한 얼굴로 물었습니다.

"난 언제나 이 모양이니까. 아버지도 사람들이 나에 대해 떠들어 대지 못하게 해. 난 오래 살지도 못할 테지만, 산다고 해도 곱사등이가 될 거라고 아버지가 나를 끔찍이 싫어하셔."

"정말 괴상한 집이야. 모든 게 다 비밀이라니! 방도, 뜰도 모두 잠겨 있고……. 너도 그래! 사람들이 널 내내 방에 가둬 둔 거니?"

"아냐, 내가 나가고 싶지 않아서 이 방에만 있는 거야. 밖에 나가면 너무 피곤하거든."

메리는 용기를 내어 물었습니다.

"너희 아버지가 너를 보러 오시기도 하니?"

콜린의 얼굴에 분노가 스치고 지나갔습니다.

"아니! 내가 태어날 때 어머니가 돌아가셨어. 그래서 아버지는 나를 싫어해."

메리는 혼잣말처럼 중얼거렸습니다.

"고모가 돌아가셔서 고모부는 뜰도 미워하지."

"뜰이라고?"

"아, 그냥, 고모가 돌아가시기 전에 좋아했던 어떤 뜰 이야기야. 넌 늘 여기서 지내니?"

"응, 런던에서 나를 진찰하러 온 의사가 밖에 나가서 신선한 공기를 마시게 하라고 했지만, 난 싫어."

"여기 처음 왔을 때 나도 그랬어. 사람들이 너를 보는 게 싫다면 나도 이만 갈까?"

"아니, 네가 가면 난 네가 정말 꿈이었다고 생각할 거야. 네가 진짜라면 거기 앉아서 이야기해 봐.

네 이야기가 듣고 싶어."

 메리는 침대 옆 탁자에 촛불을 내려놓고 이야기를 시작했습니다. 콜린이 궁금해하는 모든 것에 대해서요. 인도와 항해에 대해서도 이야기해 주었습니다. 콜린이 물었습니다.

"넌 몇 살이니?"

"열 살. 너랑 같아."

"내 나이를 어떻게 알아?"

"네가 태어났을 때 그 뜰의 문을 잠그고 열쇠를 땅에 묻었잖아. 그 문은 십 년 동안 잠겨 있었고."

"뭐? 대체 어떤 뜰이 잠겨 있었다는 거야?"

"고모부가 싫어하는 뜰이야. 고모부가 문을 잠그고 열쇠는 어디다 묻어 버렸어. 그래서 십 년 동안 아무도 그 뜰에 들어갈 수 없었고, 뜰에 대해서도 말하지 못하게 되었지."

콜린도 숨겨진 뜰 이야기에 귀가 솔깃해서 말했습니다.

"내가 말하게 하겠어. 모두들 나를 즐겁게 해 줘야 할 의무가 있으니까. 혹시 내가 살 수 있다면, 그 땅은 내 것이 된단 말이야. 모두 그걸 알아. 그런데 넌 그 뜰을 보고 싶지 않아?"

메리가 기어들어가는 목소리로 대답했습니다.

"보고 싶어."

"나도 그래. 나도 내가 뭔가를 정말 보고 싶어 할 줄은 몰랐어. 난 땅에 묻힌 열쇠를 파내서 그 문을 열고 안으로 들어가 보고 싶어. 사람들에게 휠체어를 밀게 해서 그 안에 들어갈 거야!"

메리는 마침내 소리쳤습니다.

"아, 제발 그러지 마! 네가 사람들을 시켜서 그 안으로 들어가 버리면, 다시는 그곳이 비밀이 될 수 없단 말이야."

"비밀이라니, 그게 무슨 뜻이니?"

"만일 우리가 그 뜰에 들어가는 문을 아무도 모르게 찾아낸다면, 우리는 우리만의 비밀 장소를 갖게 되는 거잖아. 우리가 땅을 일구고 씨앗을 심어, 죽어 있는 그 뜰을 살아나게 한다면……."

콜린이 갑자기 말을 가로챘습니다.

"뜰이 죽었어?"

"아무도 돌봐주지 않으면 곧 그렇게 될 거야. 지금 땅속에서 연둣빛 싹이 올라오고 있거든. 봄이 오고 있으니까."

"봄이 오고 있다고? 그게 어떤 건데? 난 아파서 방에만 누워 있어서 볼 수가 없어."

"그건 비 온 뒤에 햇살이 빛나고 온갖 것들이 땅속에서 흙을 밀고 나오는 거야. 우린 그 비밀의 화원에 들어가서 온갖 꽃과 나무가 커 가는 걸 볼 수 있을 거야. 그 뜰을 가진 게 우리의 비밀이라면 얼마나 근사하겠니?"

"난 비밀을 가져 본 적이 없어. 내가 어른이 될 때까지 못 산다는 것만 빼고는. 하지만 난 이 비밀이 훨씬 더 마음에 들어."

메리는 간절하게 말했습니다.

"네가 사람들을 시켜서 뜰에 들어가지 않는다면, 내가 널 데리고 갈 방법을 찾아볼게. 네 휠체어를 밀어 줄 남자아이도 찾을 수 있을 거야. 그럼 우리끼리만 나갈 수 있어. 그렇게 되면 그 뜰은 언제나 우리들의 비밀의 화원이 되는 거야."

콜린도 꿈꾸는 얼굴로 느릿느릿 말했습니다.

"그래, 나도 그게…… 더 좋을 것 같아."

메리는 그제야 안도의 숨을 내쉬었습니다. 그리

고 콜린에게 붉은가슴울새와 정원사 벤 노인 이야기를 해 주었습니다. 그때 콜린이 메리를 깜짝 놀라게 만들었습니다.

"너한테 보여 줄 게 있어. 저기 벽난로 위에 있는 분홍색 실크 커튼 보이지? 거기 달려 있는 끈을 당겨 봐."

메리는 얼떨떨한 기분으로 자리에서 일어나 끈을 당겼습니다. 그러자 실크 커튼이 걷히면서 웃고 있는 여자의 초상화가 드러났습니다. 금발 머리를 파란 리본으로 묶고 있는 여자는 콜린과 꼭 닮은 잿빛 눈에 웃음을 가득 머금고 있었습니다.

"우리 어머니야. 어머니가 왜 돌아가셨는지 몰라. 만약 어머니가 살아 계셨으면 내가 이렇게 아프지는 않았을 거야. 일찍 죽지도 않을 테고, 아버지도 나를 이렇게까지 미워하지 않았을 테고, 아마 내 등도 튼튼했을 테지. 다시 커튼을 쳐 줘."

"저분 눈이 네 눈과 똑같아. 그런데 왜 커튼으로 가려 놓니?"

콜린은 몸이 거북한지 움찔하며 말했습니다.

"나를 보고 있는 게 싫어. 나는 아프고 속상한데 어머니는 늘 활짝 웃고 있잖아."

잠깐의 침묵이 흐른 뒤, 메리가 입을 열었습니다.

"내가 여기 왔다는 걸 알면 메들록 부인이 어떻게 할까?"

"내가 시키는 대로 할 거야. 난 메들록 부인에게 네가 날마다 여기 와서 나한테 이야기해 주기를 바란다고 하겠어. 하지만 네가 온 걸 잠시 비밀로 할 테야. 너 마사 알지? 마사가 저쪽 방에서 자는데, 네가 언제 여기 오면 좋을지 마사가 일러 줄

거야."

메리는 그제야 울음소리에 대해 물었을 때, 마사가 왜 그렇게 허둥댔는지 알 수 있었습니다. 콜린은 하품을 하며 수줍게 말했습니다.

"내가 잠들 때까지 있어 줄래?"

"그래, 눈을 감아. 인도에서 내 아야가 했던 대로 해 줄게."

메리는 침대 위에 몸을 숙이고 콜린의 손을 토닥거리며 나지막이 아야가 들려주던 자장가를 불렀습니다. 마침내 콜린이 눈을 감고 곤히 잠들자 메리는 가만가만 촛불을 들고 살그머니 방을 빠져나왔습니다.

The Secret Garden

비밀의 화원

어린 라자

"마사, 난 그 울음소리가 뭔지 알아냈어! 콜린을 찾았다고!"

다음 날 오후 메리는 마사를 불러 말했습니다. 마사는 겁에 질려 얼굴이 빨갛게 된 채 울먹였습니다.

"아이고! 제가 아가씨한테 입도 뻥끗 안 했는

데…… 어쨌든 아가씨 때문에 일자리를 잃게 생겼네요."

"마사, 넌 일자리를 빼앗기지 않아. 콜린이 날 보고 좋아했어. 나한테 이것저것 이야기를 해 달라고 하고 자기 어머니 초상화도 보여 줬어. 잠들 때까지 내가 자장가도 불러 줬는걸."

마사는 놀라서 벌어진 입을 다물지 못했습니다. 그때 종이 울렸습니다. 마사는 방에서 나갔다가 십 분도 안 되어 어리둥절한 표정으로 다시 들어왔습니다.

"아가씨가 도련님을 완전히 바꿔 놨나 봐요. 도련님이 간호사한테 여섯 시까지 나가 있으라고 하고는 저에게 살짝, 아무한테도 말하지 말고 아가씨를 빨리 데려오라 하셨어요."

메리는 서둘러 콜린의 방으로 갔습니다. 벽난로

에는 불이 활활 타고 있었습니다. 낮에 보니 깔개며 벽걸이와 그림, 벽에 늘어선 여러 가지 책들 때문에 방이 온통 환하게 빛나는 것 같았습니다. 콜린은 공단 쿠션에 기대어 앉아 있었습니다.

"들어와. 아침 내내 네 생각했어."

"나도 너를 생각했어. 마사가 메들록 부인이 알면 쫓겨날 거라며 겁을 내고 있어."

"옆방에 가서 마사 오라고 해."

콜린은 메리가 마사를 데려오자 와들와들 떨고 있는 마사에게 물었습니다.

"나를 기쁘게 하는 게 네 일이지? 안 그래?"

"네, 도련님을 기쁘게 하는 게 제 일입니다."

"메들록 부인도 그래야 하지?"

"누구나 그렇습니다."

"그렇다면 내가 메리를 데려오라고 한 걸 메들

록 부인이 알아도 널 쫓아낼 수는 없을 거야. 그러니 안심하고 가 보렴."

콜린이 거만하게 말했습니다. 마사가 몇 번이나 절을 꾸뻑하며 나가자 콜린은 메리가 이상한 눈빛으로 자신을 빤히 쳐다보는 걸 알았습니다.

"왜 그렇게 쳐다보니?"

"첫째로 나는 네가 인도에서 본 소년 라자(인도의 왕을 이르는 말)와 같다고 생각했어. 온몸에 루비랑 에메랄드랑 다이아몬드를 주렁주렁 달고 있던 라자는 꼭 네가 마사한테 하듯이 말했어. 두 번째는 네가 디콘하고 너무 다르다고 생각했어."

"디콘이 누군데?"

"마사의 동생이야, 열두 살인데 인도의 원주민들이 뱀한테 그러는 것처럼 여우랑 다람쥐랑 새들한테 마법을 걸 수 있어. 개가 피리를 불면 동물들이 다가와 그 소리를 들어. 여우랑 수달이 어디 사는지도 알고. 그리고 황무지에서 자라고 사는 모든 것들을 알아."

"걔는 황무지를 좋아하니?"

"그럼! 그곳은 정말 아름다운 곳이야. 수천 가지 사랑스런 것들이 그 속에서 자라나. 수천 가지 작은 동물들이 그 속에서 굴을 파고, 둥지를 틀고 짹짹거리며 노래하지. 햇빛은 반짝반짝 빛나고 가시금작화는 꿀처럼 달콤한 냄새를 풍기고……."

"황무지가 그렇게 아름답다고? 하지만 난 갈 수 없을 거야. 머잖아 죽게 될 테니까. 모두 내가 죽기를 바라고 있어."

콜린은 어두운 얼굴로 말했습니다. 메리는 콜린이 자꾸 죽는다고 말하자 와락 화가 치밀었습니다.

"말도 안 돼! 네가 죽기를 바라는 사람이 어디 있다고 그래?"

"하인들……. 내 주치의인 크레이븐 박사도 그렇고. 크레이븐 박사는 우리 아버지의 사촌이야. 그래서 내가 죽으면 자기가 미셀스와이트를 차지하고 부자가 될 테니 그렇게 되기를 간절히 바라고 있을걸. 우리 아버지도 그렇게 바랄 거야."

"난 고모부가 그럴 거라고 생각하지 않아. 너에게 살고 싶은 마음을 느끼게 해 줄 아이는 바로 디콘이야. 그러니까 우리 이제 죽는 이야기는 하지 말자. 난 싫어."

메리는 콜린에게 디콘에 대한 이야기며, 오두막

집에서 일주일에 16실링으로 살아가는 열네 식구와 황무지 이야기를 했습니다. 그렇게 한창 즐겁게 이야기를 나누고 있을 때, 갑자기 크레이븐 박사와 메들록 부인이 방 안으로 들어섰습니다. 둘은 메리와 콜린을 보고는 뒤로 넘어질 듯 놀라는 눈치였습니다.

"오, 맙소사! 이게 무슨 일이지?"

어린 라자는 조금도 겁내지 않고 말했습니다.

"얘는 내 사촌 메리 레녹스예요. 내가 이리 와서 함께 이야기하자고 불렀어요. 앞으로도 메리는 언제든지 내 방에 와서 이야기할 거예요."

크레이븐 박사가 콜린을 보며 말했습니다.

"지나치게 흥분한 것 같구나. 흥분하면 몸에 안 좋단다."

"메리 덕분에 난 좋아졌어요. 어젯밤에도 메리

가 나랑 같이 있어 주고 내게 인도 자장가를 불러 주었어요. 아침에 일어나니 난 더 좋아졌어요. 이젠 메리와 차를 마시고 싶어. 어서 차를 가져와!"

'저 아이가 대체 콜린한테 무슨 짓을 한 거지?'

크레이븐 박사도 메들록 부인도 아무 말 없이 물러갔습니다. 콜린과 메리는 간호사가 가져온 차를 마시며, 또다시 인도 이야기며 라자 이야기 속으로 빠져들었습니다.

마침내 일주일이나 내리던 비가 그치고 하늘이 다시 파랗게 개었습니다. 메리는 아침부터 후다닥 옷을 입고 밖으로 뛰어나갔습니다.

"모든 게 달라졌어. 풀도 더 파래지고, 사방에서 잎이 나왔어. 파란 새순도 보여. 오늘 오후에는 디콘이 올 거야."

메리가 담쟁이덩굴 아래에 숨어 있는 문에 닿았

을 때였습니다. 벌써 붉은 머리 아이가 무릎을 꿇고 일하는 게 보였습니다.

"어머, 디콘, 이렇게 일찍 왔어?"

"나는 해님보다 더 먼저 일어났어요. 세상이 이렇게 달라졌는데 어떻게 침대에 누워 있겠어요? 해가 뜨니까 황무지가 야단이 났어요. 둥지를 틀고 노래를 하고 향기를 내뿜고요."

"아, 디콘, 나는 너무 행복해서 숨을 쉴 수가 없어!"

메리도 신이 나서 팔짝팔짝 뛰며 소리쳤습니다. 디콘이 옆에 있던 동물들을 소개시켜 주었습니다.

"이건 새끼 여우랍니다. 이름은 캡틴이고요, 이 녀석은 수트예요."

까마귀도 여우도 메리를 조금도 무서워하지 않

는 듯 보였습니다. 메리도 그런 녀석들이 무척이나 사랑스러웠습니다. 디콘은 메리에게 죽은 것처럼 보이던 장미 가지에서 새순이 난 걸 보여 주었습니다. 두 아이는 신이 나서 여기저기 돌아다니며 꽃잎에 입을 맞추고, 코를 땅에 대고 킁킁거리며 따뜻한 봄 향내를 들이마셨습니다. 가만히 보니 붉은가슴울새도 제 짝을 만나서 재재거리며 신 나게 놀고 있었습니다. 메리가 물었습니다.

"저기…… 너 콜린에 대해 아니? 나 걔를 만났어. 이번 주에는 날마다 걔랑 얘기하러 갔어. 콜린은 자기가 아프고 죽어 가고 있다는 걸 내가 잊게 해 준대."

"정말 잘됐네요! 사실 크레이븐 주인님을 아는 사람들은 누구나 곱사등이가 될지도 모르는 아들이 있다는 걸 알아요."

디콘은 잠시 여우의 머리를 쓰다듬다가 말을 덧붙였습니다.

"도련님이 이곳에 오게 되면 등에서 혹이 튀어나오는 걱정 따윈 안 해도 될 텐데요. 장미꽃 봉오리가 터지는 것도 보고 그러면 몸도 튼튼해질 테니까요."

"맞아, 의사도 그 애가 신선한 공기를 마셔야 한다고 말했거든."

"그럼 도련님을 이곳으로 데리고 나와요. 난 휠체어를 아주 잘 밀 수 있을 거예요."

The Secret Garden

비밀의 화원

성질부리기

 그날 아침은 할 일이 너무 많았습니다. 메리는 콜린에게 들리지 않은 채 바로 뜰로 달려갔습니다. 비밀의 화원으로 가자 디콘이 자기 삽을 가지고 와서 메리에게 연장 쓰는 법을 가르쳐 주었습니다. 디콘이 웃으며 말했습니다.
 "아가씨는 전보다 훨씬 튼튼해진 것 같아요."

"난 날마다 살이 찌고 있어. 마사가 그러는데 내 머리카락도 점점 굵어지고 있대."

메리는 뺨이 발갛게 달아올라 의기양양하게 말했습니다.

해가 황금빛으로 물들기 시작하자 두 아이는 헤어지며 인사를 했습니다. 메리는 빨리 집에 가서 콜린한테 새끼 여우와 까마귀, 황무지에 찾아온 봄 이야기를 들려주고 싶었습니다. 방으로 돌아오니 마사가 걱정스런 얼굴로 말했습니다.

"도련님이 또 성질을 부렸어요. 연방 시계를 쳐다보면서요."

메리는 입을 앙다문 채 콜린에게로 달려갔습니다. 침대에 반듯하게 누워 있던 콜린은 메리가 들어갔는데도 고개조차 돌리지 않았습니다. 메리가 물었습니다.

"왜 일어나지 않니?"

"아침에는 네가 올 거라고 생각하고 일어나 있었어. 침대에는 오후에 데려다 달라고 한 거야. 등도 아프고, 머리도 아프고, 피곤해서. 왜 오지 않았어?"

콜린은 쳐다보지도 않고 물었습니다.

"디콘이랑 뜰에서 일했어."

그러자 콜린은 메리 쪽으로 고개를 홱 돌렸습니다.

"네가 나보다 디콘을 더 좋아한다면 나는 그 녀석을 여기 오지 못하도록 하겠어."

메리가 화가 나서 버럭 소리를 질렀습니다.

"그럼 나도 다시는 여기 오지 않을 거야!"

"내가 오라면 와야 할걸! 네가 안 오면 하인들을 시켜서 질질 끌고 오라고 하겠어."

"흥, 그렇게 하시지요, 라자 폐하! 날 끌고 올 수 있을지는 몰라도 난 여기 앉아서 한마디도 하지 않을 테니까. 널 쳐다보지도 않을 거야!"

두 아이는 서로를 노려보았습니다. 콜린이 말했습니다.

"넌…… 나빠! 난 늘 아픈 데다가 등에 혹이 나오고 있단 말이야. 게다가 난 곧 죽을 거잖아."

"난 안 믿어! 넌 그냥 남들에게 동정이나 받으려고 그런 소리를 하는 거야. 넌 무지무지하게 못된 아이야!"

"나가!"

콜린은 자기 등이 약한 것도 잊고 화가 나

서 벌떡 일어나 메리에게 베개를 내던지며 소리 쳤습니다. 하지만 베개는 겨우 메리의 발치에 떨어졌습니다.

"갈 거야. 다시는 오지 않겠어! 난 너한테 디콘이 데려온 새끼 여우랑 까마귀 이야기를 해 줄 참이었어. 이젠 하나도 말하지 않을 거야!"

메리는 홱 돌아서서 문을 쾅 닫고 나왔습니다. 문 밖에 있던 간호사가 입을 가리고 키득거리는 게 보였습니다. 메리가 물었습니다.

"뭐가 우스워요?"

"두 분이 우스워서 그렇죠. 도련님처럼 응석받이한테는 자기만큼이나 버릇없는 아이가 대드는 게

가장 좋거든요."

메리는 씩씩거리며 자기 방으로 돌아왔습니다. 뜰에서 돌아왔을 때의 기쁨은 조금도 남아 있지 않았습니다. 화가 잔뜩 난 메리에게 마사가 무언가를 건네주었습니다.

"주인님이 아가씨한테 보내셨어요."

크레이븐 씨가 보낸 건 그림이 가득 들어 있는 원예책과 게임 도구, 조그맣고 예쁜 필통과 금촉 펜, 잉크스탠드였습니다. 메리의 꽁꽁 언 마음이 차츰 따스해지기 시작했습니다. 갑자기 콜린이 가엾게 여겨졌습니다. 메리는 이맛살을 찌푸리며 중얼거렸습니다.

"다시는 안 가겠다고 했는데……. 하지만 가 봐야지. 콜린이 좋다면 아침에 가 봐야지. 또 베개를 던질지 모르지만…… 그래도 가 봐야 될 것 같아."

그날 밤 메리는 무시무시한 소리를 듣고 잠에서 깨어났습니다. 문이 열렸다 닫히고, 급하게 달려가는 발자국 소리가 났습니다. 누군가 악을 쓰고 비명을 질러 대며 울고 있었습니다.

"콜린이 성깔을 부리는 거야! 도저히 견딜 수가 없어!"

메리는 귀를 틀어막고 있다가 발딱 일어나서 발을 쾅쾅 굴렀습니다. 그때 간호사가 황급히 메리의 방문을 열었습니다.

"아가씨, 가서 콜린 도련님 좀 혼내 줘요, 네? 어서요!"

메리는 날다시피 복도로 달려가 마침내 문을 홱 열어젖혔습니다. 그러고는 조각 기둥 네 개가 받치고 있는 침대로 달려가 고함을 질렀습니다.

"그쳐! 당장 그만둬! 네가 이러니까 모두들 널

싫어하는 거야! 나도 네가 싫어! 그 못된 버릇을 고치지 않으면 넌 결국 이 집에서 소리나 지르다가 죽게 될 거라고!"

얼굴을 파묻고 울던 콜린이 움찔하더니 빨갛고 퉁퉁 부은 얼굴로 메리를 보며 할딱거렸습니다. 메리가 다시 말했습니다.

"네가 다시 한 번 소리를 지르면 나도 소리 지를 거야. 난 너보다 더 크게 소리 지를 수 있어. 그럼 넌 겁이 날걸!"

"혹, 혹을 만졌어. 흑…… 난 이제 곱사등이가 될 거야."

콜린은 다시 몸부림치며 흐느껴 울었습니다.

"아니야, 넌 혹을 만진 적 없어. 넌 괜히 성질을 부리는 거라고! 좋아, 당장 돌아누워, 내가 만져 볼 테니까! 간호사, 당장 이리 와서 애 등을 보여 줘요!"

메리는 무섭게 명령했습니다. 겁에 질린 간호사가 우물쭈물하자 콜린이 흐느끼며 말했습니다.

"보……, 보여 줘. 그러면 메리가…… 혹을 보게 될 테니까."

간호사가 옷을 벗기자 콜린의 앙상한 등뼈가 보였습니다. 메리는 마치 런던에서 온 유명한 의사라도 된 듯 등뼈를 자세히 아래위로 살폈습니다.

"혹은 없어! 눈곱만 한 혹도 없다고! 너무 말라서 뼈가 튀어나온 것뿐이야. 나도 너만큼 뼈가 튀어나왔었어. 하지만 살이 찌니까 이젠 사라졌어. 너도 살이 찌면 뼈마디는 만져지지 않을 거야. 또 한 번 혹이 있다고 엄살을 떨면 난 널 비웃을 거야!"

메리가 야무지게 말하자 간호사도 용기를 내 말

했습니다.

"도련님, 메리 아가씨 말이 맞아요. 혹 따위는 없어요."

"정말? 그럼, 내가 어, 어른이 될 때까지 살 수 있을 거라고 생각해?"

콜린이 눈물범벅이 된 얼굴로 간호사에게 물었습니다.

"의사가 시키는 대로 화내지 않고, 밖에 나가 신선한 공기를 마신다면 아마 그럴 거예요."

콜린은 그제야 안심이 되었는지 메리에게 손을 살짝 내밀었습니다. 마음이 풀린 메리도 콜린의 손을 잡았습니다.

"난 너랑 같이 나갈래. 맑은 공기를 싫어하지 않을 거야. 우리가 만일 그……."

콜린은 말을 하다 말고 그게 비밀이라는 걸 깨

닫고 얼른 말끝을 흐렸습니다. 콜린의 성질부리기가 끝나자 메들록 부인도, 간호사도 다행스러워했습니다. 그들이 살그머니 방 밖으로 빠져나가자 콜린이 다시 물었습니다.

"하마터면 말할 뻔했어. 그런데 너, 그 비밀의 화원으로 들어가는 길에 대해서 뭔가 알아냈니?"

"으, 응. 그런 것 같아. 자야 하니까 내일 이야기해 줄게."

"메리, 비밀의 화원에 들어갈 수만 있다면 난 어른이 될 때까지 살 수도 있을 거야. 그 안이 어떻게 생겼을지 이야기해 줘. 어서."

메리는 콜린의 손을 잡고 느릿느릿 이야기했습니다.

"그 뜰은 오랫동안 버려져 있어서……, 온갖 것들이 자라 아름답게 얽혀 있을 거야, 어쩌면 자줏빛이랑 금빛 크로커스가 송이송이 피어나고 있을 지도 모르고, 나뭇잎들도 싹이 트고…… 붉은가슴 울새가 제 짝을 찾아서 둥지를 틀고 있을 거야."

콜린은 이야기를 들으며 마침내 잠이 들었습니다.

다음 날 콜린은 메리에게 말했습니다.

"넌 어제 비록 상상이지만 마치 그 비밀의 화원에 가 본 것처럼 말하더구나."

메리는 망설이다가 용기를 내어 모든 사실을 털어놓았습니다.

"맞아, 사실은 몇 주 전에 열쇠를 찾아서 들어갔어. 하지만 너한테는 말하지 못했어. 너를 믿을 수 있을지 걱정되어서……."

The Secret Garden

비밀의 화원

황무지에 찾아온 봄

 콜린이 성질을 부린 다음 날 아침이면 언제나 크레이븐 박사가 불려왔습니다. 크레이븐 박사는 눈앞에 펼쳐진 광경에 화들짝 놀랐습니다. 콜린이 허리를 소파에 곧추세우고 앉아서 못생긴 여자아이와 원예책을 보고 있었습니다. 두 아이는 까르륵 웃으며 이야기를 하다가 크레이븐 박사가 들어오는 것을 보고 입을 다물었습니다.

"어젯밤에 아팠다니 안됐구나, 애야."

크레이븐 박사의 말에 콜린이 라자처럼 대꾸했습니다.

"지금은 많이 나아졌어요. 이틀쯤 있다 날씨가 좋아지면 휠체어를 타고 밖에 나갈까 해요. 신선한 공기를 마시고 싶어서요."

크레이븐 박사는 깜짝 놀라지 않을 수 없었습니다.

"네가 신선한 공기를 싫어하는 줄 알았는데."

"나 혼자라면 싫지만, 내 사촌이 같이 나갈 테니까요. 간호사는 필요 없어요. 내 사촌은 나를 어떻게 돌봐야 하는지 다 알아요. 어젯밤에도 사촌 덕분에 나았어요. 내 사촌은 내가 환자라는 걸 잊게 해 줘요. 그리고 사촌이 잘 아는 튼튼한 남자아이가 내 휠체어를 밀어 줄 거예요. 디콘 말이에요."

"아, 디콘이라면 괜찮을 게다. 걔는 황무지 조랑말처럼 튼튼한 아이니까."

다음 날 아침, 콜린은 아침에 눈을 뜨자마자 침대에 누워서 자기도 모르게 씩 웃었습니다. 메리가 아침 향기가 가득한 신선한 공기를 휘몰고 방으로 달려왔습니다.

"콜린, 이제 곧 디콘이 여우랑 까마귀랑 다람쥐랑, 얼마 전 가시금작화 덤불 사이에서 울던 새끼 양까지 다 데리고 올 거야!"

"아아, 그게 정말이지?"

콜린의 눈도 기쁨으로 반짝였습니다.

얼마 후 디콘이 특유의 보기 좋은 미소를 지으며 방으로 들어왔습니다. 갓 태어난 양은 디콘의 품에 안겨 있었고, 조그맣고 빨간 여우는 디콘 곁에서 타박타박 걸어왔습니다. 다람쥐 넛은 디콘의 왼쪽 어깨에, 까마귀 수트는 오른쪽 어깨 위에 앉아 있었고, 다람쥐 쉘은 코트 주머니에서 머리와 앞발을 비죽 내밀고 있었습니다.

콜린은 메리에게 모든 걸 다 들었음에도 불구하고 디콘이 동물들과 한데 어우러져 있는 걸 보자 기쁨과 호기심에 사로잡혀 벌어진 입을 다물지 못했습니다. 디콘이 먼저 콜린이 앉아 있는 소파로 다가가서 콜린의 무릎 위에 새끼 양을 가만히 내려놓았습니다. 새끼 양은 부드러운 벨벳 가운에다 주둥이를 마구 비벼 대기 시작했습니다. 콜린이 소리쳤습니다.

"얘가 지금 뭐하는 거야?"

"엄마를 찾는 거예요. 이 녀석이 우유 먹는 모습을 도련님께 보여 드리려고 일부러 배가 고프게

해서 데려왔거든요."

디콘은 무릎을 꿇고 앉아 새끼 양의 조그맣고 털이 복슬복슬한 머리를 잡아 자기 쪽으로 돌리며 젖병 꼭지를 물렸습니다. 새끼 양이 잠이 들자 콜린은 궁금했던 것들을 마구 물어보기 시작했습니다. 디콘은 사흘 전에 가시금작화 덤불 사이에서 새끼 양을 발견한 이야기며, 비밀의 화원 이야기를 들려주었습니다.

"난 그 뜰을 볼 거야. 꼭 보고 말 테야."

콜린이 들뜬 얼굴로 말했습니다.

하지만 며칠 동안 바람이 거세게 부는 바람에 세 아이는 일주일도 넘게 기다려야 했습니다. 그러는 동안 남들 눈에 띄지 않게 콜린을 뜰로 데려갈 궁리를 했습니다.

어느 날 콜린은 정원 책임자 로치 씨를 불러서

말했습니다.

"오늘 오후에 밖에 나가려고 해요. 신선한 공기가 나한테 맞으면 날마다 나가게 될지도 몰라요. 내가 나갈 때 정원사들이 담을 따라 난 산책로 길에서 얼쩡거리지 않았으면 해요. 두 시쯤 나가 있을 테니까, 내가 다시 일하러 가라는 전갈을 보낼 때까지 모두들 자리를 비켜 줘요."

"잘 알겠습니다, 도련님."

로치 씨가 나가자 조금 뒤, 이 집에서 제일 힘이 센, 마구간에서 일하는 하인 존이 콜린을 반짝 안고 계단을 내려가서 휠체어에 앉혔습니다. 곧이어 명령대로 정원사들이 모두 사라지자, 디콘이 천천히, 안정감 있게 휠체어를 밀기 시작했습니다. 아이들이 걸어가는 길에는 누구도 얼씬하지 않았습니다. 아이들은 조심스레 관목 숲을 지나 마침내 담쟁이덩굴 앞에 섰습니다. 메리는 담쟁이덩굴을 들추고 문을 열며 소리쳤습니다.

"바로 여기야! 어서 콜린을 안으로 데리고 가!"

콜린은 두 눈을 꼭 가린 채 기쁨과 설렘으로 숨을 죽였습니다. 마침내 비밀의 화원에 들어서자 그제야 콜린은 손을 내리고 주위를 둘러보고 또 둘러보았습니다. 초록색 융단처럼 보드랍고 조그마한 잎들이 담 위에, 땅 위에, 나무들 위에, 덩굴손 위에 쭉 깔려 있었습니다. 여기저기 황금빛이며 자줏빛, 하얀색이 언뜻언뜻 보였습니다. 그리고 어디선가 날개가 팔랑대는 소리와 함께 달콤한 향기가 풍겨오고, 콜린의 뺨 위에 닿는 햇살은 부드러운 손길처럼 따스했습니다.

콜린이 큰 소리로 외쳤습니다.

"난 영원히, 영원히, 영원히 살 거야!"

콜린은 높은 담으로 에둘러져 있는 뜰에서 봄을 느꼈고, 자기가 영원히 살 거라는 기분을 느꼈습니다.

세 아이는 휠체어를 끌면서, 눈처럼 하얀 꽃이 흐드러지게 피고 벌들이 붕붕대는 자두나무 아래로 갔습니다. 메리와 디콘은 뜰 여기저기에서 조금씩 일을 했고, 콜린은 그런 두 아이를 지켜보았습니다. 그때 디콘이 갑자기 밝은 표정을 하며 콜린을 살짝 잡았습니다.

"저기 붉은가슴울새가 있어요! 제 짝한테 줄 먹이를 구하러 다니나 봐요!"

콜린은 새가 부리에 뭔가를 물고 휙 날아가는 모습을 가까스로 보았습니다. 메리는 디콘에게만 살짝 속삭였습니다.

"마법이 붉은가슴울새를 데려온 거야!"

"맞아요, 어머니가 그러는데 어쩌면 크레이븐 마님도 도련님을 돌보려고 미셀스와이트를 맴돌고 있을지 모른대요. 우리가 여기서 일을 하게 한 것도, 콜린 도련님을 이리로 데리고 오게 한 것도 마님인지 몰라요!"

메리는 디콘이 마법에 관해 얘기하는 거라고 생각했습니다. 붉은가슴울새가 제 짝에게 두세 번 먹이를 물어다 주는 걸 지켜보던 콜린이 말했습니다.

"붉은가슴울새가 제 짝한테 차를 가져다주나 보다. 나도 차를 마시고 싶어. 가서 하인에게 바구니에 먹을 걸 담아다가 철쭉꽃이 핀 길에 가져다 놓으라고 해."

정말 근사한 생각이었습니다. 세 아이는 잔디 위에 하얀 천을 깔고서 뜨거운 차와 버터 바른 토스트와 핫케이크를 맛있게 먹어 치웠습니다. 새와 다람쥐와 까마귀까지 빵 부스러기를 기뻐하며 받아먹었습니다. 콜린이 말했습니다.

"오늘 오후가 지나가지 않았으면 좋겠어. 하지만 난 내일 다시 올 거야. 다음 날도, 그다음 날도……. 이제 봄을 봤으니까 여름도 볼 거야, 여기에서 자라는 모든 것을 볼 거야. 나도 여기에서 자랄 거고!"

"그럼요! 우리는 머잖아 도련님이 여기를 걸어서 돌아다니고, 땅도 파도록 해 드릴 거예요."

디콘의 말에 콜린은 눈이 휘둥그레져서 물었습니다.

"뭐? 걷는다고? 땅을 판다고? 내가 그럴 수 있

어?"

"그럼요! 겁만 내지 않는다면 얼마든지 버티고 서 있을 수 있어요. 한 번 해 보면 조금도 무서울 게 없죠."

콜린은 뭔가를 생각하는 듯 꼼짝 않고 누워 있었습니다. 그때 갑자기 콜린이 고개를 조금 들더니 소리 죽여 외쳤습니다.

"누구야, 저 사람?"

메리와 디콘이 깜짝 놀라 쳐다보니 벤 노인이 성난 얼굴로 사다리 위에서 담 너머로 세 아이를 노려보고 있었습니다. 벤 노인은 주먹을 흔들어 대며 소리쳤습니다.

"난 아가씨를 한 번도 좋게 본 적이 없어! 이것저것 꼬치꼬치 캐묻고, 이 일 저 일 껴들더니! 그놈의 새만 아니었다면……."

"벤 할아버지, 바로 그 붉은가슴울새가 나한테 뜰로 들어오는 길을 가르쳐 줬단 말이야!"

메리가 화가 나서 씩씩거렸습니다.

"이 못된 것 같으니라고! 제가 한 잘못을 새 탓으로 돌리다니……."

벤 노인은 순간 화를 멈추고 입을 크게 떡 벌렸습니다. 메리 뒤로 누군가 다가오는 게 보였습니다. 화려한 쿠션과 깔개로 장식한 휠체어에는 위엄 있는 얼굴로 명령을 내리는 어린 라자가 앉아 있었습니다. 콜린이 말했습니다.

"내가 누군지 아나?"

"도, 도련님이 누구냐고요? 물론 알고말고요. 어머님과 꼭 닮은 눈으로 저를 보고 계시니까요! 그런데 도련님이 어떻게 여기까지? 도련님은 가엾게도 등이 굽지 않았나요? 다리도 굽었고요……."

"아냐, 난 등이 굽지 않았어! 당장 저 노인을 여기 뜰 안으로 데리고 와, 어서!"

콜린은 화가 나서 소리쳤습니다. 그러곤 계속 말했습니다.

"저 나무까지 걸어갈 거야. 벤 노인이 여기 왔을 때, 난 서 있을 거야."

콜린은 나무 쪽으로 걸어갔습니다. 디콘이 부축해 주긴 했지만 콜린은 놀라울 정도로 꼿꼿이 서 있었습니다. 메리가 기쁨으로 소리쳤습니다.

"넌 할 수 있어! 할 수 있다고! 내가 할 수 있다고 말했잖아!"

메리는 마법이 일어나서 콜린이 계속해서 그렇게 제 발로 서 있기를 바랐습니다. 마침내 벤 노인이 뜰 안에 들어오자 콜린이 말했습니다.

"자, 나를 봐! 내가 곱사등이야? 내 다리가 굽었

어?"

"사람들 말이 거짓이었군요! 유령처럼 허옇고 마르긴 했지만, 말짱하시네요. 그런데 왜 그렇게 방 안에만 틀어박혀 있으셨어요?"

"모두들 내가 죽을 거라고 생각하니까. 하지만 난 안 죽어!"

벤 노인은 뛸 듯이 기뻐하며 말했습니다.

"도련님이 죽는다니요! 그럴 리가 없어요. 이제 어서 그 깔개 위에 앉으세요."

어린 라자는 신하의 말을 들어주어 천천히 나무 밑에 깔아 놓은 깔개 위에 앉았습니다. 콜린이 물었습니다.

"웨더스타프, 뜰에서는 어떤 일을 하지?"

"뭐든지 다 하죠. 어떤 분의 부탁을 받고 이 뜰에서 계속해서 일하고 있었지요."

"그분이 누구지?"

"도련님 어머님이세요."

"우리 어머니? 여기가 어머니의 뜰이었군. 그렇지?"

"예, 그랬어요. 여긴 마님께서 제일 좋아하셨던 뜰이었죠. 마님은 어느 날 저한테 '벤, 혹시 내가 아프거나 세상을 떠나면, 당신이 내 장미들을 돌봐 줘야 해요.' 하고 웃으셨죠. 그래서 주인님이 아무도 여기 들어오면 안 된다고 명령했는데도 저는 왔죠. 담을 넘어서요. 류머티즘 때문에 못 다니게 될 때까지요."

그때 디콘이 옆에서 소리쳤습니다.

"아, 바로 할아버지군요! 할아버지가 오셔서 가지치기를 해 주신 거죠? 이제야 알겠어요!"

"웨더스타프, 일을 해 줘서 고맙네. 이젠 여긴

내 뜰이야, 난 여기가 좋아. 날마다 올 거야. 하지만 여기 오는 걸 누구도 알아서는 안 돼. 내 사촌과 디콘이 지금껏 일해서 이 뜰을 살아나게 했어. 이따금 손이 필요하면 당신을 부르라고 하겠어."

콜린이 말했습니다. 그러다 풀밭에 놓인 모종삽을 보고는 손을 뻗어 그걸 집었습니다. 그러고는 야릇한 표정을 지으며 땅을 긁기 시작했습니다. 가느다란 손은 약하디 약했지만 콜린의 모종삽의 끝은 어느새 흙을 파 엎었습니다.

"아이고, 도련님은 틀림없이 여기 사람이구먼요! 땅도 파고 말이죠. 뭔가 심어 보실래요? 제가 장미 묘목을 가져올 테니까요!"

"얼른 가서 가져와! 어서! 어서! 해가 지기 전에!"

콜린은 부지런히 땅을 파며 말했습니다. 모든

일은 재빨리 이루어졌습니다. 벤 노인은 류머티즘도 잊은 채 성큼성큼 걸어가서 장미 묘목을 가져다가 콜린에게 건네주었습니다.

"여기 있습니다. 왕들은 처음 가는 곳에 나무를 심는다는데, 도련님이 이놈을 직접 구덩이에 넣으세요."

콜린은 가늘고 흰 손을 바르르 떨며 장미를 흙덩이째 구덩이에 넣었습니다. 디콘은 구멍을 더 넓고 깊게 파고, 메리는 재빨리 달려가 물뿌리개를 가져왔습니다. 난생처음 새로운 일을 한 콜린의 두 뺨이 발그레하게 물들었습니다.

"다 됐다! 이제 해가 지려고 해. 디콘, 도와줘. 난 해가 질 때 서 있고 싶어, 이것도 마법의 일부니까!"

디콘이 콜린을 부축해 주었습니다. 해가 막 넘

어가기 시작했고, 세 아이에게는 신비스럽고도 사랑스런 오후가 끝나가고 있었습니다. 마법이든 아니든 이 뜰은 콜린에게 두 발로 서 있을 수 있는 힘을 주었습니다. 활짝 웃는 얼굴로 서 있을 수 있는 힘을!

The Secret Garden

비밀의 화원

마법이 시작되다

 그 뒤로 정말 마법이 일어난 듯했습니다. 콜린은 비가 오지 않는 날이면 날마다 비밀의 화원에서 시간을 보냈습니다. 디콘과 메리가 심은 씨앗은 마치 요정이 가꾼 것처럼 쑥쑥 자라났습니다. 콜린은 뜰에서 일어나는 변화를 하나도 빼놓지 않고 지켜보았습니다.

어느 날 콜린이 어른스럽게 말했습니다.

"세상에는 수많은 마법이 있지만 그게 어떻게 일어나는지 몰라. 어쩌면 마법은 멋진 일이 일어날 거라고 그냥 하는 얘기일지도 몰라. 정말 멋진 일이 일어날 때까지 말이야."

다음 날 아침 세 아이가 비밀의 화원에 갔을 때 콜린은 벤 노인을 불러오라고 했습니다. 콜린이 진지하게 말했습니다.

"모두 내 이야기를 들어 줬으면 좋겠어요. 난 이제부터 마법에 관한 실험을 해 보려고 해요. 메리가 이 뜰을 찾아냈을 때 뜰은 완전히 죽은 것 같았어요. 그런데 흙을 뚫고 뭔가가 올라오기 시작했어요. 아무것도 없는 데에서 뭔가가 만들어진 거죠. 마법은 언제나 밀어 올리고 끌어당기고 하면서 아무것도 없는 데에서 뭔가를 만들어 내죠. 나뭇잎도, 꽃도, 새도, 다람쥐도……. 마법은 틀림없이 우리 주위에 있는 거예요. 이 뜰이 나를 일어서게 했고, 내가 어른이 될 때까지 살 거라는 것도 알려 줬어요. 난 이제부터 몇 가지 마법을 얻어서, 그게 날 밀어 올리고 끌어당겨서 강하게 만들도록 할 거예요. 여러분도 그렇게 도와주어야 해요."

벤 노인이 기쁨에 넘쳐 말했습니다.

"그럼요, 그러고 말고요! 전 도련님이 걷는 걸 보고 싶어요."

"전에 인도에서 어떤 사람이 같은 말을 수천 번 되풀이 하면 마법이 이뤄진다고 하는 말을 들었어."

메리가 들뜬 얼굴로 말했습니다. 콜린은 그 말을 듣자 자리에서 일어났습니다. 콜린이 맨 앞에 서고, 디콘이 한쪽 옆에, 메리가 다른 쪽 옆에 섰

습니다. 벤 노인은 뒤에서 걸었고, 그 뒤를 동물들이 줄줄이 따랐습니다. 콜린은 디콘의 팔에 기대어 걸었지만, 가끔은 손을 놓고 혼자서 몇 걸음씩 걸었습니다. 콜린은 계속해서 중얼거렸습니다.

"내 안에 마법이 있다! 마법이 나를 튼튼하게 만들고 있다! 난 느낄 수 있다! 난 느낄 수 있어!"

정말 무언가가 콜린을 받쳐 주듯 콜린은 뜰을 한 바퀴 다 돌 때까지 포기하지 않고 계속 걸었습니다. 나무 그늘로 돌아왔을 때 뺨이 빨갛게 달아오른 콜린이 의기양양하게 소리쳤습니다.

"난 해냈어! 마법이 일어났어! 이게 내 첫 번째 실험이야!"

그 모습을 보며 메리가 물었습니다.

"크레이븐 박사가 물으면 뭐라고 할까?"

"말하지 않을 거야. 내가 더 건강해져서 딴 아이

들처럼 달릴 수 있을 때까지 누구도 이 일을 알아선 안 돼. 언젠가 아버지가 돌아오시면 난 서재로 들어가서, '저예요, 전 다른 아이들하고 똑같아요. 아주 건강하고, 어른이 될 때까지 살 거예요.' 하고 말할 거야."

콜린의 눈은 그 어느 때보다 반짝 빛났습니다.

세 아이들은 다음 날도, 그다음 날도 비가 오지 않는 날이면 늘 비밀의 화원에 나와 시간을 보냈습니다. 디콘은 콜린이나 메리를 보지 못하는 날이면 오두막 근처 텃밭에서 어머니를 도와 감자, 양배추, 당근 등 갖가지 약초를 심고 가꿨습니다. 그러다가 해 질 녘이면 야트막한 돌담에 걸터앉아 어머니와 단둘이 이야기를 나누곤 했습니다. 어느 날 디콘은 어머니에게 미셀스와이트 저택에서 일어난 모든 이야기를 들려드렸습니다. 잠겨 있던 뜰이며, 붉은가슴울새, 메리와 뜰을 가꾼 일, 콜린을 그곳으로 데려간 그 모든 일들을요. 소어비 부인은 눈물을 글썽였습니다.

"세상에, 그 어린 아가씨가 도련님을 구했구나! 그래, 집안사람들은 지금 뭐라고 하더냐?"

"콜린 도련님은 사람들에게 모든 걸 비밀로 하고 있어요. 사람들이 주인님한테 알릴까 봐요. 주인님이 돌아오시면 당당히 걸어들어 가서 보여 드리려는 거예요. 그래서 둘이 가끔 예전처럼 일부러 심통을 부리기도 한다니까요."

"호호, 둘이서 그걸로 연극 놀이를 하는 모양이구나!"

"네, 콜린 도련님은 밖에 나갈 때면 휠체어를 타는데 시종한테 막 화를 내고 될 수 있는 대로 힘이 없는 척해요. 그러다가 비밀의 화원으로 들어서면 도저히 웃음을 못 참겠다는 듯 쿠션에 얼굴을 처박고 마구 웃는다니까요."

"많이 웃는 건 약보다 더 좋단다. 둘 다 틀림없이 더 건강해질게다."

"네, 둘 다 통통해지고 있어요. 얼마나 배고파하는지 몰라요. 콜린 도련님은, 계속해서 음식을 가져오게 하면 사람들이 자기가 환자라는 걸 안 믿을 거라며 걱정이에요."

"호호, 내가 도와주마. 아침마다 갓 짠 우유를 통에 담아가지고 가렴. 그리고 건포도를 넣은 빵 몇 덩이를 구워 주마."

디콘은 환호성을 지르며 기뻐했습니다. 이제 콜린과 메리는 연극 놀이를 하면서 마음껏 즐거워해도 될 테니까요. 하지만 간호사와 크레이븐 박사는 콜린과 메리의 상태를 보고 고개를 갸우뚱

했습니다. 어느 날 크레이븐 박사가 지나가는 말투로 슬쩍 말했습니다.

"요즘 전보다 훨씬 많이 먹는다면서? 하루 종일 밖에 나가는 게 몸에 해롭지는 않아 보이는구나. 혈색도 좋고, 살도 붙고 건강해 보여. 네 아버지도 이 소식을 들으면 무척 기뻐하실 게다."

"아버지한테 절대 말하지 마세요! 내가 다시 나빠지면 아버지가 실망하실 테니까요. 오늘 밤에라도 나빠질지 모르잖아요. 벌써 몸이 뜨거워지고 있어요. 누가 나를 빤히 쳐다보는 것만큼이나 나에 대해 편지로 이러쿵저러쿵 떠드는 게 싫다고요!"

콜린이 마구 화를 내자 크레이븐 박사는 아무 말도 하지 않겠다고 다짐할 수밖에 없었습니다.

그 후에도 메리와 콜린은 아픈 척, 입맛이 없는

척, 때로는 예전처럼 성질부리기, 날마다 음식을 덜 먹기 등 연극 놀이를 했습니다. 하지만 날마다 눈을 뜨면 너무나 배가 고팠습니다. 식탁에는 갓 구운 빵이며 신선한 버터, 눈처럼 하얀 달걀 요리, 나무딸기 잼 등 맛있는 게 잔뜩 차려져 있어서 도무지 연극 놀이를 할 수가 없었습니다. 결국 두 아이는 참지 못한 채 접시를 핥은 것처럼 싹싹 비우고 말았습니다.

그날 아침, 뜰에서 놀고 있는데, 디콘이 커다란 나무 뒤에서 양동이 두 개를 가지고 나왔습니다. 하나는 새로 짠 진한 우유가 가득 들어 있었고, 또 하나는 오두막에서 직접 만든 건포도 롤빵이 파란색과 하얀색 줄무늬 냅킨에 싸여 있었습니다.

"디콘처럼 디콘 엄마한테도 마법이 있는 거야!"

세 아이들은 롤빵을 우적우적 입안에 쑤셔 넣고

우유를 양동이째로 꿀꺽꿀꺽 마셨습니다. 메리와 콜린은 소어비 부인이 오두막집의 열네 식구들을 먹이려면 날마다 두 사람의 배를 채워 줄 형편이 아니라는 걸 알고 있었습니다. 그래서 두 아이는 부인에게 자기들의 돈을 조금 받아달라고 부탁했습니다.

그날 이후, 소어비 부인 덕분에 콜린과 메리는 다시 아침밥은 살짝 건드리기만 하고 저녁밥은 아예 거들떠보지도 않았습니다. 아무것도 먹지 않는데도 멀쩡한 두 사람을 보는 간호사와 메들록 부인은 걱정스럽기만 했습니다. 하루는 윗도리가 터질 만큼 먹어 대다가, 또 하루는 요리를 거들떠도 보지 않으니까요.

이제 콜린의 상앗빛 피부는 따스한 장밋빛으로 바뀌고 홀쭉했던 뺨과 관자놀이에는 살이 오르고 머리카락도 반들반들 윤기가 돌았습니다. 콜린을 진찰한 크레이븐 박사가 메들록 부인에게 말했습니다.

"아이들이 몰래 먹을 만한 게 없는데, 그것 참. 음식을 먹지 않고도 남자아이는 전혀 딴 애가 되었으니 신기하군요."

"여자아이도 마찬가지입니다. 살이 오르니까 정말로 예쁜 아이가 되었어요. 콜린 도련님하고는

둘이서 제정신이 아닌 애들처럼 웃는다니까요. 아마 그래서 살이 찌나 봅니다."

"아마 그럴 거요, 마음껏 웃게 내버려 두시오."

크레이븐 박사는 말했습니다.

The Secret Garden

비밀의 화원

비밀의 화원에서

 비가 쉬지 않고 퍼붓는 어느 날 아침이었습니다. 콜린은 다른 사람들이 눈치챌까 봐 돌아다니지도 못하고 소파에 앉아만 있으려니 잔뜩 심술이 났습니다.
 "아버지가 얼른 집에 오셨으면 좋겠어. 내가 직접 말씀드리고 싶거든. 이렇게 꼼짝 않고 누워서

아픈 체하기도 정말 지긋지긋해. 이렇게 비가 내리지 않으면 좋겠는데."

그때 메리가 한 가지 생각을 떠올렸습니다.

"콜린, 이 집에 방이 몇 개나 있는지 알아? 아무도 들어가지 않은 방이 백 개쯤 돼."

"아무도 들어가지 않은 방이 백 개라니! 꼭 비밀의 화원 이야기 같아. 나도 들어가 보고 싶어."

"나도 그 생각을 하고 있었어. 네가 뛰어다닐 수 있는 복도도 많아. 인도풍으로 꾸민 방도 있는데 장식장에 상아로 만든 코끼리가 가득 들어 있어. 여기에는 온갖 방이 다 있어."

콜린은 호기심으로 눈을 반짝이며 말했습니다. 그리고 당장 하인에게 계단이 있는 곳까지 휠체어를 올려 달라고 명령했습니다. 마침내 하인이 아래층 숙소로 내려가자 콜린은 휠체어에서 내려

복도 이쪽 끝에서 저쪽 끝까지 마구 뛰어다니고 펄쩍펄쩍 뛰었습니다. 두 아이는 이 방 저 방 다니며 초상화와 골동품들을 둘러보았습니다.

"난 내가 이렇게 괴상한 집에 사는 줄 몰랐어. 우리 비가 내릴 때마다 이렇게 돌아다니자."

두 아이는 너무나 식욕이 좋아서 점심을 그대로 돌려보낼 수가 없었습니다. 요리사는 싹 비워진 접시를 보며 당황하고 놀라서 어쩔 줄 몰랐습니다.

그날 오후, 메리는 콜린이 벽난로 위의 그림을 뚫어지게 바라보고 있는 걸 보았습니다. 바로 커튼으로 쳐 놓았던 콜린 어머니의 초상화였습니다.

"이젠 어머니가 웃는 걸 봐도 화가 나지 않아. 그저께 밤에 달빛이 마치 마법처럼 방 안을 환히

채우고 있는 것 같았어. 그 때 달빛 한 줄기가 커튼을 비추고 있는데 나도 모르게 끈을 당기고 보니 어머니가 환하게 웃으며 나를 내려다보고 있었어. 어머니가 그렇게 늘 웃고 있는 걸 보고 싶어. 틀림없이 어머니도 마법사였을 거라는 생각이 들었어."

"넌 네 어머니랑 굉장히 닮았어. 난 종종 네 엄마의 영혼이 바로 네가 아닌가 하는 생각이 들곤 해."

그 말을 들은 콜린은 감동한 듯 느릿느릿 말했습니다.

"내가 어머니의 유령이라면…… 아버지가 날 좋아하실 텐데. 아버지가 날 좋아하게 되면 마법 이야기를 해 드릴 거야. 그 이야기를 들으면 아버지도 좀 기운이 나시겠지."

마법을 믿는 콜린의 마음은 점점 더 깊어졌습니다. 아침마다 주문을 외우고 나면 콜린은 가끔 두 아이에게 마법을 강의했습니다.

"마법은 우리가 스스로 몸을 움직여 일할 때 가장 잘 이루어져. 뼈와 근육 속에 스며드는 마법을 느낄 수 있어. 난 마법에 관한 책을 쓸 작정이야. 그리고 앞으로 수천수만 가지 일을 알아낼 거야. 사람들에 대해서, 생물에 대해서, 자라나는 모든 것에 대해서!"

콜린은 장엄하게 소리쳤습니다. 그러다 화들짝 놀란 표정을 지었습니다.

"누가 이리 오고 있어! 누구지?"

담쟁이덩굴이 드리워진 문이 살그머니 열리더니 어떤 부인이 들어왔습니다. 디콘의 눈이 등불처럼 환해졌습니다.

"엄마야! 엄마가 오셨어!"

디콘이 잔디밭을 가로질러 달려가자 콜린과 메리도 그쪽으로 갔습니다. 콜린은 수줍어 빨개진 얼굴로 손을 내밀며 인사를 했습니다.

"난 아파서 누워 있을 때도 부인이 보고 싶었어요. 전에는 사람이든 그 무엇이든 한 번도 보고 싶어 한 적이 없었는데요."

소어비 부인은 콜린을 보더니 갑자기 눈시울이 붉어지며 소리쳤습니다.

"오, 아가! 사랑스런 아가!"

부인은 도련님이라는 말 대신 자기도 모르게 아가라고 불렀습니다. 콜린은 부인이 그렇게 불러 주는 게 마음에 들었습니다.

"제가 너무 건강해서 놀라셨지요?"

"그래, 놀랐단다! 어머니를 너무나 쏙 빼닮아서

가슴이 막 뛸 정도란다."

콜린은 조금은 자신 없는 말투로 물었습니다.

"제가 어머니를 닮았다면, 아버지가 절 좋아하시게 될까요?"

"그럼, 그렇고말고! 분명히 곧 집으로 돌아오실 게다."

부인은 콜린의 어깨를 토닥였습니다. 그러곤 옆에 있는 메리의 어깨에도 손을 올리고 그 작은 얼굴을 어머니처럼 따뜻한 눈으로 들여다보았습니다.

"너도 네 어머니처럼 될 게다. 네 어머니가 엄청 예쁘셨다고 메들록 부인한테 다 들었단다."

메리는 자기가 언젠가 어머니처럼 예뻐질 거란 말을 듣자 저절로 기분이 좋아졌습니다. 세 아이는 소어비 부인과 함께 뜰을 한 바퀴 돌면서 다시 살아난 나무와 꽃, 수풀을 모두 보여 주었습니다. 콜린이 말했습니다.

"우리가 함께 있으면 웃음을 참기가 정말 어려워요. 누가 보면 안 되는데 말이에요."

"이제 연극 놀이는 그리 오래 안 해도 될 게다. 곧 크레이븐 주인님께서 집에 오실 테니까."

"아버지가 돌아오실 거라고 생각해요?"

"그럼, 오시고말고!"

"우리의 연극 놀이를 다른 사람이 먼저 아버지한테 말한다면 참을 수 없을 거예요. 저는 매일 아버지께 어떻게 말씀드릴까 방법을 생각해요. 아버지가 돌아오시면, 이제는 그냥 아버지 방으로 뛰어 들어가려고 해요."

"그러면 그분도 좋아하실 게다, 나도 그분을 보고 싶구나."

"아줌마는요, 제가 바라던 바로 그런 사람이에요. 난 아줌마가 우리 엄마였으면 좋겠어요……. 디콘의 엄마인 것처럼요!"

소어비 부인은 복받치는 마음으로 허리를 굽혀 콜린을 두 팔로 따뜻이 꼭 안아 주었습니다. 마치 콜린이 디콘의 동생이기라도 한 것처럼요.

이처럼 비밀의 화원이 되살아나고 두 아이가 화원과 함께 건강이 점점 좋아지는 동안, 크레이븐 씨는 오스트리아 티롤의 어느 멋진 계곡에 있었습니다. 어느 날 개울가에 올망졸망 핀 파란색 물망초를 바라보던 크레이븐 씨는 자신의 몸에서 무언가 조용히 풀려서 빠져나가는 기분이 들었습니다.

"이게 뭘까? 내가 마치…… 되살아난 것 같군!"

그날 저녁 크레이븐 씨는 오랜만에 편안한 잠을 잤습니다. 꿈속에서 크레이븐 씨는 자신을 부르는 큰 소리를 들었습니다. 크레이븐 씨는 대답했습니다.

"릴리어스! 어디 있소?"

그러자 다시 달콤하게 외치는 소리를 들었습니다.

"뜰에요, 뜰에 있어요!"

잠을 깨고 나니 한 하인이 크레이븐 씨에게 온 편지를 올려놓은 쟁반을 들고 서 있었습니다. 크레이븐 씨는 편지를 들고 선 채 꿈에 들리던 소리를 떠올렸습니다.

"뜰에 있다고? 문은 잠겼고, 열쇠는 땅속 깊이 파묻혀 있는데……?"

얼마 후 크레이븐 씨는 편지들을 읽기 시작했습니다.

크레이븐 씨께

저는 전에 황무지에서 감히 주인님께 말을 건 수잔 소어비입니다. 메리 아가씨 일로 말씀을 드렸지요. 감히 다시 한 번 말씀드립니다. 제가 만약 크레이븐 씨라면 집으로 돌아오겠습니다. 집으로 돌아오시면 아주 기뻐하시리라 생각합니다.

-충직한 하인,
수잔 소어비 올림

"미셀스와이트로 돌아가야겠어. 지금 당장 돌아가야겠어."

편지를 몇 번이나 다시 읽은 크레이븐 씨는 뭔가 들뜬 얼굴로 중얼거렸습니다. 그리고 며칠 뒤 요크셔로 돌아왔습니다. 긴긴 기차 여행을 하는 사이 크레이븐 씨는 지난 십 년간 한 번도 해 본 적이 없는 아들 생각을 했습니다.

"내가 십 년 동안 잘못했는지도 몰라. 이제 뭘 하기에는 너무 늦어버렸어, 내가 도대체 무슨 생각을 하고 있었던 거지!"

크레이븐 씨는 이런 저런 생각을 하며 마침내 황무지에 들어서 마차를 달렸습니다. 이윽고 육백 년 동안이나 조상 대대로 살아온 웅장하고 고풍스런 저택이 보이기 시작했습니다. 땅이며 하늘이며 멀리 보이는 자줏빛 꽃들까지 아름답게 느껴지고 마음이 따뜻해졌습니다.

크레이븐 씨는 도착하자마자 아들부터 찾았습니다.

"메들록, 콜린은 어떻소?"

"저, 주인님, 도련님은…… 나아졌을 수도 있고, 나빠지고 있는 중인지도 모르겠습니다. 도무지 도련님의 상태가……."

크레이븐 씨는 초조한 얼굴로 다그쳐 물었습니다.

"콜린은 어디 있지?"

"뜰에 있습니다. 도련님은 언제나 뜰에서 지냅니다. 사람들이 쳐다볼까 봐 그 누구도 얼씬하지 못하게 하고서 말이지요."

"뜰에 있다고!"

크레이븐 씨는 정신을 차리자 메리가 그랬던 것

처럼 관목 숲을 지나 담쟁이덩굴 담 바깥에 있는 긴 산책로로 들어섰습니다. 크레이븐 씨의 발걸음은 점점 더 빨라졌습니다. 문이 어디 있는지 알고 있었지만, 열쇠는 어디에 파묻었는지 알 수가 없었습니다. 그때 담 안에서 무슨 소리가 들려왔습니다. 도저히 참을 수 없는 어린아이의 웃음소리 같았습니다. 그 순간 애써 참다가 웃음을 터뜨리며 한 남자아이가 전속력으로 달려 나왔습니다. 남자아이는 미처 바깥에 있던 사람을 보지 못하고 곧장 품안으로 뛰어들었습니다. 그 아이가 누구인지 보려고 한 발짝 뒤로 물러났던 크레이븐 씨는 그만 숨이 턱 막혔습니다. 키가 크고 잘생겼으며, 두 뺨은 복숭앗빛이었습니다. 생기가 도는 눈은 환하게 빛이 났는데, 크레이븐 씨를 놀라게 한 건 바로 그 잿빛 눈이었습니다.

"넌 누구? 어떻게…… 누구지……?"

크레이븐 씨는 더듬거리며 물었습니다. 그건 콜린이 기대했던 반응은 아니었습니다. 콜린은 키가 커 보이려고 몸을 쭉 펴며 떨리는 목소리로 외쳤습니다.

"아버지, 저 콜린이에요! 믿어지지 않으실 거예요. 저도 믿어지지 않으니까요."

"뜰, 뜰에 있었니?"

크레이븐 씨는 꿈을 떠올리며 놀라서 물었습니다.

"네, 아버지, 뜰이 절 이렇게 만든 거예요. 메리랑 디콘이랑 동물들도 그렇고요. 마법도요. 아무도 몰라요. 아버지가 오시면 말씀드리려고 비밀로 했거든요. 이제 전 아주 튼튼해요. 달리기를 하면 메리를 이길 수 있어요. 전 운동선수가 될 거예

요!"

크레이븐 씨는 도저히 믿어지지 않는 듯 기쁨으로 몸이 마구 떨렸습니다.

"아버지, 기쁘시지요? 전 영원히, 영원히, 영원히 살 거예요!"

크레이븐 씨는 벅찬 마음으로 아들의 두 어깨를 꼭 끌어안았습니다.

"오, 콜린, 나를 어서 뜰로 데려다 주렴. 나에게 전부 다 이야기해 다오!"

세 아이들은 앞장서서 뜰로 들어갔습니다. 뜰에는 가을의 황금빛과 자줏빛, 보랏빛, 타오르는 진홍빛이 넘쳐흘렀고, 온 사방이 늦게 핀 백합과 나리, 장미 들로 가득했습니다. 크레이븐 씨는 주위를 둘러보고, 또 둘러보다가 말했습니다.

"이곳이 죽었다고 생각했는데."

"메리도 처음엔 그렇게 생각했어요. 하지만 이곳은 다시 살아났어요."

콜린은 그동안의 일들은 수다스럽게 재잘재잘 이야기하기 시작했습니다. 크레이븐 씨는 이야기를 들으면서 눈물이 나도록 웃다가, 울다가 했습니다.

"아버지, 이제 더는 비밀로 할 필요가 없어요. 사람들이 나를 보면 놀라서 기절할지도 몰라요. 난 휠체어를 타고 집으로 돌아가지 않겠어요. 아버지랑 같이 걸어서 가겠어요."

얼마 후, 창밖을 바라보던 메들록 부인도, 하인들도 너무 놀라서 벌어진 입을 다물지 못했습니다.

"오, 맙소사!"

많은 하인들이 한 번도 본 적 없는 미셀스와이

트의 주인이 잔디밭을 지나오고 있었습니다. 그 곁에는 눈웃음을 가득 머금은 남자아이가 건강하고 꿋꿋하게 걸어오고 있었습니다. 그 소년은 바로 콜린이었습니다.

지은이에 대하여

프랜시스 호지슨 버넷
(Frances Hodgson Burnett, 1849~1924)

프랜시스 호지슨 버넷(1849-1924)은 영국 맨체스터에서 철물점을 운영하는 에드윈 호지슨의 장녀로 태어났어요. 버넷이 세 살 때 아버지가 돌아가시자, 집안은 말할 수 없이 곤궁해졌어요. 버넷이 열여섯 살이 되던 1865년, 가족은 결국 철물점을 팔고 미국 테네시 주 녹스빌로 이주를 했지만 생활은 여전히 어렵기만 했어요. 큰오빠가 조그만 잡화점에서 벌어 오는 돈으로는 먹고살기에 빠듯했거든요.

어릴 때부터 상상력이 뛰어나고 말솜씨가 좋아 늘 친구들에게 재미난 이야기를 들려주던 버넷은 집안 살림을 돕기 위해 잡지나 신문 등에 마구 글을 쓰기 시작했어요. 그중에서 1886년에 발표한, 영국 백작의 후계자가 된 미국 소년의 이야기인 『세드릭 이야기』는 버넷에게 작가로서의 인기와 명예를 안겨 주었어요. 바로 우리나라에서 『소공자』로 알려진 작품이에요. 버넷은 그녀의 둘째 아들인 비비안을 모델로 삼아 주인공 세드릭의 성격과 행동을 묘사했어요. 『세드릭 이야기』는 당시 소년들이 주인공처럼 레이스가 달린 검정 벨벳 옷을 입고 다닐 만큼 인기가 있었답니다.

그 후 1905년 『소공녀』로 알려진 『세라 이야기』가 큰 사랑을 받으면서 버넷은 점점 작가로서의 성공을 거두었어요. 1910년 고집 세고 제멋대로인 메리와 콜린, 자연과 동물을 사랑하는 디콘을 주인공으로 하여 쓴 『비밀의 화원』은 버넷이 살아 있을 때에는 큰 인기를 끌지 못하다가 시간이 지나면서 점점 많은 사람들의 사랑을 받기 시작했어요. 『비밀의 화원』은 작가가 실제로 머물렀던 '로즈 가든'이라는 곳에서 본 풍경과 메리 같은 어린아이들을 보며 영감을 얻어 쓴 작품이랍니다. 이처럼 버넷은 1924년 세상을 떠날 때까지 동화, 소설, 희곡 등 40여 권의 작품을 썼어요. 그 작품 속에는 버넷이 어린 시절 살았던 영국에서의 경험과 풍광들이 고스란히 담겨 있어서 독자들에게 더욱 생생한 감동을 전해 준답니다.